ちくま文庫

子どもをおいて旅にでた

杉山亮

JN113849

筑摩書房

目次

まえがき　6

■三月・四月・五月
ぼくは旅にでた　10

■六月一日〜五日
長瀞—秩父—白泰山—梓山—清里—富士見　41

■六月六日〜一〇日
富士見—伊那—奈良井—野麦峠—高山　81

■六月一一日〜一五日
高山—天生峠—ブナオ峠—金沢—高岡　115

■六月一六日～二〇日
高岡―富山―神岡―上宝村―上高地 150
■六月二一日～二五日
上高地―島々谷―松本―霧ヶ峰―八ヶ岳―佐久 184
■六月二六日～二八日
佐久―上野村―城峯山―長瀞 220

あとがき 256
新装版のためのあとがき 259
ちくま文庫版のためのあとがき 267

解説 椎名誠 278
ジャングルでアナコンダに出会ったりしなくても、こんなに心の充実した旅は出来る！ 新沢としひこ 287

まえがき

トールキンの名作『ホビットの冒険』の最後のシーンで主人公のビルボ・バギンズは今までの冒険を一冊の記録にまとめる。

題して『ゆきてかえりし物語』。

訳者の瀬田貞二さんはその言い方にふれて「人間というものはたいがい行って帰るものだと思うんです」と簡潔に語り、そのことばに啓示を得た斎藤次郎さんは御自分の主宰誌『三輪車疾走』に『ゆきてかえりし物語考』という想像力に満ちた長編評論を書いた。

ぼくの本は小説でも評論でもなく行きあたりばったりの旅日記にすぎないが、実は右記の方々の一連の仕事にいくらかでも連なるものであればと、非力を省みず願っている。

どんな冒険もとどのつまりは行って帰ってくるだけだ。

では行って帰ってくるだけなら行かなくても同じかといえば、そうではないだろう。たとえ、そうであったとしても人は行かずにはいられないようにできているし、旅にでたかった動機を旅にでてから発見したりもする。その中で見えてくるものもある。

この本もすべての装飾をそぎおとしてみれば行って帰ってくる話につきてしまう。

これはぼくの「ゆきてかえりし物語」だ。

行程図

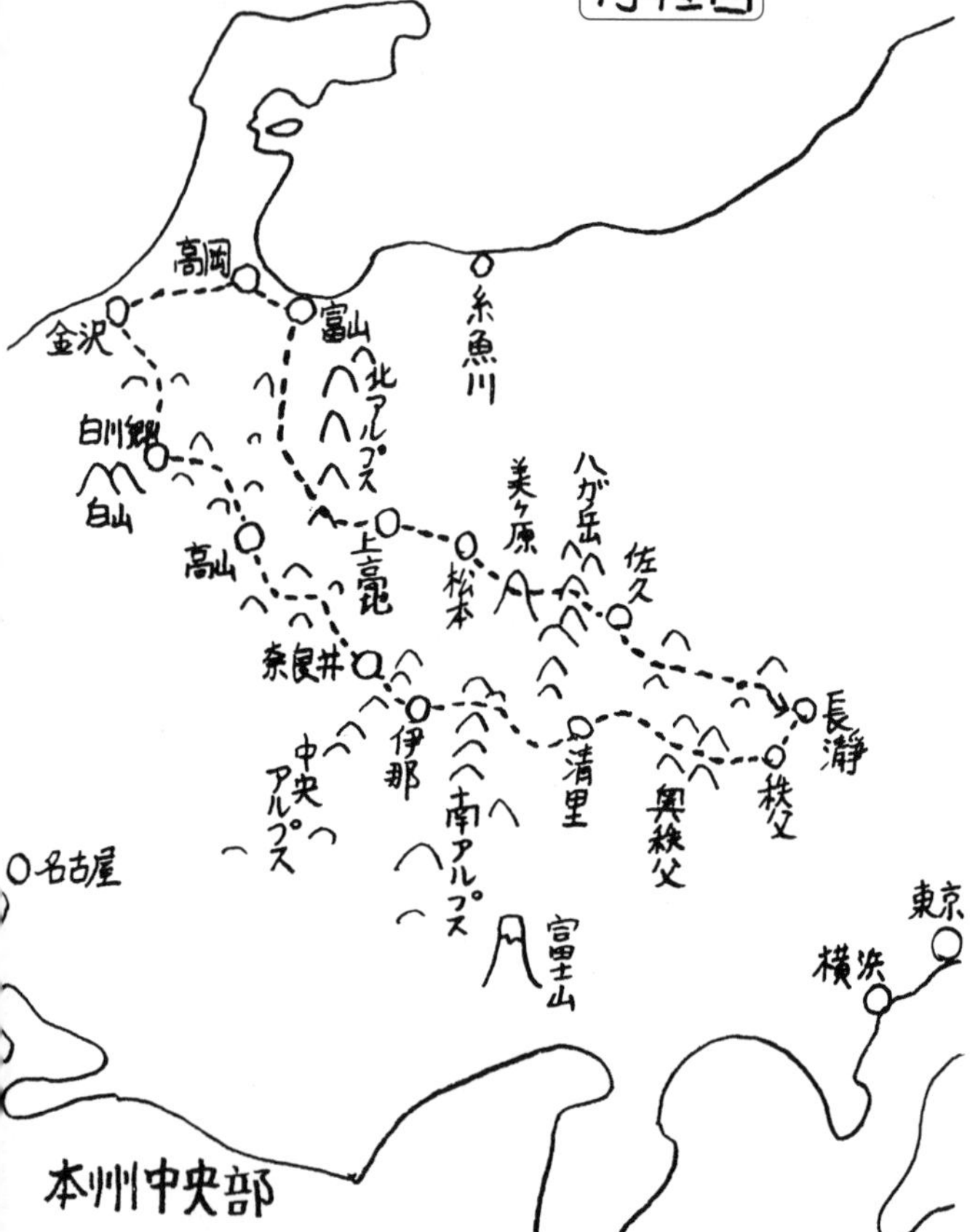

高岡
金沢
富山
糸魚川
北アルプス
白川郷
白山
高山
上高地
松本
美ヶ原
八ガ岳
佐久
奈良井
伊那
中央アルプス
南アルプス
清里
奥秩父
秩父
長瀞
名古屋
富士山
東京
横浜
本州中央部

子どもをおいて旅にでた

■三月・四月・五月
ぼくは旅にでた

三月　長瀞

花冷えの三月上旬だった。

西の空には熟しすぎたメロンのような、橙色の重い月があった。

ぼくは三三歳、ひとつ年下の妻と四歳と二歳の子どもと四人、二DKの小さな借家に暮していた。なぞなぞ工房の名で木のパズルや迷路のポスターを作って売っている。

そろそろ寝ようか。

のそっとこたつをでてテレビを消した。

どうでもいい番組だった。

杉の雨戸を閉めると、裏の竹林を縫う風音は遠くに去り、急に室内の音が大きくなった。

湯がたぎる直前のやかんのふたのふるえる音、茶碗をふいて水切桶に置く音、動きまわるスリッパの音、電気ストーブの超低音がいっせいに耳に飛びこんできた。

「お茶、飲む？」

妻の真紀子が台所から首だけ向けて訊いてきた。

真紀子は今日は一日、パンを作っていた。

こんな遅い時間なのに、まだイースト菌が思ったように発酵してくれないらしく、こたつの中にはステンレスのボールがもうひとつ残っていた。

とにかく始めてしまった以上、何時になっても放りだすわけにはいかないらしい。

こちらは十分眠いが、狭い台所で火とにらめっこしている真紀子を見ると、「お先に失礼」と言うのも少々悪い。

明日になれば当然このパンはぼくの口に入る。

表面がきつね色でパリッとひびの入ったふかふかパンだ。

あれはうまい。

それにできあがったパンの半分くらいはおすそわけとして近所の友人たちのところへいくが、真紀子のパンは評判がよく、彼らに会うとぼくまで御礼を言われる。

何の手伝いをするわけでもなし、あわててあいまいな挨拶を返すだけだが、妻がパンやクッキーを焼けるのは夫として悪い気はしない。

えげつない優越感に過ぎないが、たくあんをつけるのが上手というのとは全然違った。

「うん、お茶飲む」

もうしばらくつきあうことにして、読みさしの文庫本をひっぱりだすと、はんてんの襟を一回しごいて、またこたつに入った。

隣の部屋では子どもたちがとうの昔に寝入っていた。

真紀子が決して敵をつくらないおだやかな目に笑いを浮かべて、茶碗ときゅうすを持ってきた。

室内は十分に暖かかった。

外気を遮断する二重のカーテンも、オーブンの火も、手もとの冒険小説も、FMから流れるジャズのボーカルも、すべてよかった。

あらゆるものがぼくを守ってくれ、目をつぶればぼくはその中心でゆっくりと沈んでいきそうだった。

その時だ。まったく突然に「罠《わな》」というイメージが頭をよぎった。

それは字や絵としてではなく、なにかが罠にかかる印象として、ほんの一瞬だけ、ぼくの中で発光した。

そして、どうしたことか突然そんな意識がでてきたことに、ぼくの頭は明らかに狼狽した。

すぐに頭の中にいくつもの手のひらが現われて、上から上からそのイメージをおおいかくそうとした。

ちょうど、電話の混線から一般人に陰謀の打ちあわせを聞かれたと気づいた秘密警察のような、迅速で強引な動きだった。

だから急速にそのことは忘れられそうになった。

ぼくの五感のどれかを通して、ちょっとでも別のことに注意が向けば、話はそれで終りだったろう。

　だが、その唐突なイメージの出方が、まるで長いこと牢につながれて世間からも忘れられていた囚人が警備の隙を突いて脱走し、一声「みんな、だまされるな！」と叫んでまたすぐ獄舎に連れ戻されたというふうだったので、ぼくは咄嗟にそちらの肩をもつ気になった。

　本体のすでにないイメージの残像を記憶に留めようと、ぼくはわざとそれをことばに直してつぶやいた。

「罠だ」。これで確定だ。

　ぼくを支配する脳には都合悪いらしいが、ぼくが今「罠」を連想したこと、そのことをぼくは認知した。

　もちろんそれがなにを意味するのか、なにがなにに罠を仕掛けているのかはわからないにしてもだ。

（それにしてもなあ）

　はんてんのふところ手を抜いてあごをなでた。

　罠とはまあ、思いきり青っぽいことばだよなあ。

なにを今さら……。どこに罠があるのか、この国の政治にか教育にか社会にか、あるいはぼくの仕事にか夫婦間にか親子間にか。

あるといえば、どこだって罠だらけだ。

たとえばこの家庭生活を罠だというなら、それだってまちがいではない。

しかし、妻や子や友人と作る「小さな幸福」と呼ぶべきものの中に、自分の身も心もゆっくりと溺れるように鈍磨していく感覚は、決して悪いものではない。

罠を避けて生きることができないなら、せめて上手な罠のかかり方をしたいよねと、うそぶける程度には、ぼくもおとなしくなっていた。

では罠を仕掛けているのは誰だろう。

推理小説ふうに言うなら、罠の存在を気づかれて具合の悪いやつだ。

飛びだしたイメージをすぐ手のひらで覆って忘れさせようとしたやつ……と考えれば、答えはわかったも同然だった。

ぼくは、ほおづえをついたまま、こめかみのあたりを指先でかいた。

コートの襟をたてるかわりにはんてんの襟をかきあわせ、パイプをくわえるかわりに爪をかんだ。

つまり今のイメージでいうと犯人はぼくで、被害者もぼくらしい。ぼくの中のある部分が、これもぼくの中のある部分を罠にはめ、幽閉しているということだ。

しかも、ややっこしいことにそれを推理している探偵も、またぼくの一部なのだ。

もちろん、そんなことは発見でもなんでもない。

誰だって何人もの自分を心の中に飼っているといえば、それまでの話だ。

だが、こういう図式の立て方は初めてだった。

少しワクワクした。

そして御丁寧に（ここでワクワクできるうちはまだおまえも捨てたもんじゃないぞ）とささやく、客観的なぼくもぼくの中にいた。

パン焼きを一段落させた真紀子が、青いとっくりセーターの毛玉をつまみながら、こたつに入ってきた。

罠のイメージからここまで、せいぜい一、二分だろう。

でも、その短い時間のあいだに、ぼくは「きっかけに値いするもの」を得た。

それこそこの何ヶ月の間、あるいは何年もの間、頭のどこかで探していたもののような気がした。

半開きの目を壁から真紀子に移して、ぼくはポソッと言った。

「ねえ」

「ん？」

「うん……」

「なによ」

早く言った方がよかった。

言わなければ、すぐ逃げていってしまう。

あるいは罠を仕掛けたぼくの方が、もっともらしい口実をみつけてきて、ぼくをこのままの日常に押しとどめるに決まっていた。

与えられたイメージを「きっかけ」まで高めるには、もう一本、杭を打ちこまねばならなかった。

「あのさあ、旅にでたいんだ」

深い考えからではない。

「旅」と「罠」の関係は「勘がする」という以上には説明できない。

だが、このところずっと、「旅にでたい」気持が強くなっていることを、ぼくは知っていた。

そしてどちらもぼくの中で起こっていることなら、このふたつは関係あると思った方が自然だった。

「いいわね。どこへ？」

にこやかな表情をかえずに、真紀子が聞きかえしてきた。

まずい。

真紀子はこれを家族旅行の提案と受けとったらしい。

「ううん。一人でだよ」

「ほおお」

とたんに真紀子が片方のまゆを漫画のようにつりあげた。

「で、その間、かわいいお子様たちのめんどうは誰がみるのかしら？」

もちろん、目は笑っている。

話しあいの余地を残すべく、真紀子はわざと類型的な妻のセリフを言って、夫婦ゲンカごっこをしかけてきたのだ。

「ごめん。頼む」

真紀子のノリをはずして、ぼくは率直に頭をさげた。

ぼくがスパッと言いきったことに、真紀子はびっくりした。

なにかにつけて話しあい、時には過度に相手の立場を尊重しすぎて決断が遅れがちのぼくたちの間で、どちらか一方がこれだけストレートに自分の要求をだすのはめったにないのだ。

「ふうん」と言ったきり、真紀子は口を閉じてしまった。

「ねえ、頼むよ」

「どれくらい?」

うーん、見当もつかなかった。

具体的な計画はなにもない。

「旅にでたい」という気持すら、もしかすると錯覚かもしれないのだ。

今、確実にぼくの中にあるといえるのは「なにかの衝動」と呼ぶべきものでしかない。

その衝動をXとし、そこにぼく自身の趣味と経験から「旅」を代入している段階なのだ。

「うーん、よくわかんないんだよね。でも……一ヶ月くらいかなあ」

「なによ、それ？」

真紀子は目を丸くした。

一ヶ月あてもなく家をでるのは、旅行というより、蒸発に近い。

ぼくとて本当に一ヶ月という気はない。

ただ、自分が二泊三日の観光旅行でなにかの答えをつかめるとは思えなかった。

答えはおろか、問題すらわかっていないのだ。

ただ、言えるのは、たぶん問題が存在することと、ぼくがそれを解いた方がいいと思っていることだった。

それにまあ、交渉のセオリーとして最初は吹っかけるものだ。

話の中で少しずつ日程を減らすことを、条件に入れていけばいい。

ぼくにとって一番後ろめたいのは、ぼくが旅にでている間、真紀子が工房でおもちゃを売りつつ、一切合切子どもの世話をしなければならないとして、それを真紀子が不満に思うことだった。

「いつ頃、行きたいの？」

「うーん、六月頃」

「梅雨時じゃない？」

「別にいいよ」

一ヶ月も留守にするとなれば、それなりの準備もいる。

旅の費用とその間の家族の生活費を稼ぎださねばならないし、いない間用のおもちゃも作りだめしなければならない。

当然、今日明日にはでられない。

また、四月、五月は長瀞《ながとろ》は観光シーズンだ。

なぞなぞ工房がある宝登山神社《ほどさんじんじゃ》参道に勢いのいい桜が咲きだすと、五月連休をピークに、大勢の人がやってきた。

「良い季節だから」と東京あたりから家族連れで来てくれる知人もいれば、フラッと入って衝動買いしてくれる観光客もけっこういた。

同じ理由で夏休みも秋の連休も動きにくい。

クリスマスの頃はおもちゃ屋として待機していたいし（毎年、期待するほどの注文はないのだが）、正月は宝登山神社の参詣客やお年玉を持った子どもの客があてこめた。そのあとの二月、三月がまず一年で一番ひまな時期だ。だが寒い。

山の中で野宿して、へたすれば死ぬ。

となると残るのは六月くらいで、これは長瀞にもあまり人が来ないし、今からの準備期間としても手頃な長さだった。

梅雨は確かにうっとうしいが、真紀子に残りの生活のすべてを託すとすれば自分だけのぜいたくもいえない。

それに今回は、別に景色を見たり、快適さを追求する旅にはなりそうもない。

真紀子は目を宙に浮かせて、少し考えていた。

それからこっちを向いて、早口で言った。

「ま、いいか。私は私で遊んでいるわ」

明るい表情だった。

「あ、それがいい。そうして、そうして」

それならこちらも気が楽になる。

なにをたくらんでくれても構わない。

本当のところは、言いたいこともあるけどこの辺で折りあいをつけておこうという真紀子なりの知恵かとも思う。

忘れずにつけくわえてきた。

「それまでしっかり稼いでよね」

「もちろん、もちろん」

真紀子の気が変らないうちに大急ぎでぼくは決意表明した。

なんでも言ってみるものだ。

これで、あとは毎日（六月に旅にでることを自分がどんなに楽しみにしているか）となにかにつけてつぶやき、友だちにも言いふらして、既成事実にしてしまえばいい。あとは真紀子がぐちろうとも、あるいはぼく自身が弱気になったとしても、走りだしたバスには乗らねばならない。

そうでもないと、ぼくの頭はまた「良識」だの「現実の生活」だの「生活費稼ぎ」だのといろいろな思いをぼくに持たせて、罠をみきわめようとする動きを封じてくるに決まっていた。

真紀子が天火をあけてパンをつっつき、「寝る前だけど、ひとつ食べてみる？」と皿にのせてくれた。

「食べる、食べる」

「おいしい？」

「おいしい、おいしい」

「やわらかい？」

「やわらかい、やわらかい」

真紀子が片方のほおにだけ笑みを浮かべて、台所から振りむいた。

ぼくはなにを言われても目を細めて笑うだけだ。

「なによ、その合槌」

そして真紀子は真紀子で、自分のことばがぼくを心底喜ばせたことに、満足しているようだった。

これで、ちょっと大がかりな目標ができた。

そのスタートまで三ヶ月。

ぼくが望んでいるのは、つまり、そういう自分を賭けるに値いする大きな目標のようなものかもしれないとも思った。

四月　長瀞

四月は雨が多かった。

三日の宝登山神社の例大祭《れいたいさい》こそ晴れたものの、あとは絹をひくような雨が何日も続いた。

杉の花粉に悩む身に雨は嬉しいが、日中でも気温があがらないし、人も来ない。来客がないと、気分が変る場面や休む口実がなくて、つい仕事をしてしまう。けっこうなことだ。

少しずつふくらむ桜の芽を雨滴に濡れる窓越しに眺めながら、せっせとパズルを作っていった。

糸鋸盤に向かう時間は体は動かせないが、頭の方は自由時間だ。板を刃に送りながら、考えるのはいつも六月の旅のことだった。自由にやろうと思いつつ、最小限決定しなければならないことはあった。

まず、どこに行くことにしよう？

旅にでる時、ぼくは本から入るタイプだ。

子どもの頃から旅行記・冒険記の類をくりかえし読んで日本中の地理は頭に入っているし、沖縄でも北海道でも初めて行った時にはその前に徹底的に本を漁った。

旅行案内や地図はもちろん、その土地の歴史や民俗、現在起きている社会問題、そこを舞台にした小説まで読んだ。

別に勉強のため、参考のために読むのではなく、とにかくそうせずにはいられなかった。

だから実際に旅立つ時には、もう目的地の地理はすっかり頭に入っていたし、着いた町を旧知のように歩きまわった。

方向感覚にも自信があった。

短い時間を利用して駅の近くの見所をまわったりする段どりのつけ方も得意だ。

だがそういう力は、目的地が決まって初めて役に立つ。

自分がどこに行きたいのかわからない今、具体的に調べることはなにもなかった。

ぼくは行きたい。

しかし考えてみると、どこか特定の地へ行きたいわけではない。ただ、行く結果として、どこかへ行くことになるだけだ。それ以上、もしぼくにほんとうに行きたい所があるのなら、それが自然にぼくの中に定まってくるまで待つしかない。六月まではまだ時間がある。

とりあえずは北とか南とかの大体の方向だけで十分だ。

当然、虫メガネで床をはいずるようないつもの情報収集スタイルは、放棄するしかなかった。

もちろん、「会津《あいづ》の喜多方《きたかた》に行ってラーメンのはしごをする」とか「奈良に行って夜の五重塔の下にうずくまる」とか、ちょっとおもしろそうで、行ってみるのも悪くないという程度の所はいくつもあった。

そんなものでも、宣伝されるようなリゾート地で絵からでてきたようなペンションに泊まり、テニスとグルメをするといったレベルの旅と比べれば、はるかに「手づくりの個性的な旅」には違いない。

だが、それもやはり「ぼく」がぼくのために考えだした、いかにもぼくに似合いそうな旅のイメージをでていない。

心の底からラーメンのはしごをしたいわけではない。

例によって、破たんなく生きるためにいつのまにか身についた自分主演・自分観客の自己演出に過ぎなかった。

旅が終って人に語る時、(こういうのっていかにもぼくっぽい)と計算する下心がどこかにあった。

どこまで行っても、ぼくを操縦しようとする〈ぼく〉がいた。

ぼくがかかわりたいのは、もしあるなら、その奥の方にいる〈本当の自分〉なのに、〈ぼく〉はそれをじゃましようとする。

そう考えているのは、ぼくののどの部分なのだろう。

ぼくの中にいて、かつぼくに変化を求める声をとりあえず〈彼〉と呼んでみる。

とにかく〈彼〉は〈ぼく〉に不満を持ち、不調を感じている。

〈彼〉がそう思い、「旅にでよう」と誘っている。

だんだんそんなふうに思えてきた。

とすれば、この旅の主役を〈ぼく〉にしてはいけない。

〈ぼく〉はスケジュールを立て、段取り、予測をつけて無駄なく動く。

美しいといわれる風景の中にぼくをおもむかせ、擬似的な感動まで演出してしまう。むしろ今度の旅の主役は外界なのだ。

今のぼくの生活環境は〈ぼく〉が長い間かけて住みやすく、自分の思考や感覚に楽なようにつくり、見えるようにしてきたものだ。

そんなところで〈とらわれのぼくのなにか〉を取りかえす闘いをしたところで、勝ちめはない。

〈ぼく〉にとっても勝手の違う、〈ぼく〉の演出や思考の及ばない世界に自らを放りこみ、その中に起居すること——これが今度の旅の意味だ。

となれば、行先などはどうでもいい。

たとえば東京から大阪まで旧東海道の宿場町を歩くとする。

講談本の影響で、子どもの頃からの夢のルートだ。

だが、最初にコースを設定すると、とたんに旅の趣旨が「果たして大阪まで歩けるかどうか」の根性だめしに化けてしまう心配があった。

なににつけても、勝つか負けるか成功か失敗かという判別の仕方は、ぼくには一番遠い感覚だ。

あくまで、朝起きて（さあ、今日はどっちに向けて進もうか）と決め、日没の頃、適当な空き地にめだたぬようにテントを張ろう。

これから行く道筋で、観光地をめぐり、名所旧蹟にも立寄るだろうが、それは旅の目鼻という以上のものではない。

外界にぼくの中をさらし、委ねる旅をしよう。

もちろん、具体的には〈ぼく〉の希望をいれ、〈彼〉の声も聞き、なだめ、すかし、折りあいをつけるような旅になるのだろう。

その中で少しずつ〈ぼく〉も〈彼〉も知らないうちに、ぼく全体が変わっていくというふうに話が運べばいいのだ。

旅のスタイルは歩きに決めた。

というより、あの時浮かんだ（旅にでたい）という思いと、どこかを歩いている自分のイメージが最初からセットだった。

小学生の時、『日本一周ぼくの自転車旅行』という本と出会った。

埼玉県に住む青年が一年近くかけて九州から北海道までひとまわりするノンフィクションだ。

今でもイラストや文章を覚えているくらい、何度も読んだ。

記述されるまだ見ぬ土地に想いを馳せ、電車も宿も使わずに行くなら安上がりでぼくにも行けると子ども心に興奮した。

貧乏性といえばそれまでだが、もうその頃からぜいたくな旅行を蔑視していた。

単純に、食費はともかく、泊まる所なんて寝ちゃえばどこだって同じだから安くあげたいという気持は、そのまま今につながっている。

その後、その類の本と出会えばたいていい読んだ。

いつか自分も行きたいと思った。

ただ、武器は自転車ではなかった。

常に「この足で」だった。

ひとつには小さい頃から読んだ侍ものの諸国漫遊とか武者修行の響きにひかれたのだろう。

また、自転車にはできない山道を越えていきたい気持もあったろう。

自転車ですっとばす時、見落としてしまうなにかを惜しんだのかもしれない。

メカに弱いこともある。

さらに自分以外のものに頼りたくない（頼れないという度量の狭さでもあるが）という自負もあった。

なんやかやで、自転車は気分ではなかった。

おのれの足で行くのがすがすがしく、納得いくと思えた。

誰をも何をも恨まずにすむ。

「行先を決めない」「歩いて行く」と決めて、もうひとつ、歩いて行く以上「歩いて帰ってこよう」と思った。

仮に家から大阪まで歩いたとしても、目的を達成したからと新幹線で帰ってくるのは、当りまえのようでいてちょっと変だ。

帰りはまったくの「移動」でしかない。

でも「行く」というのは「帰り」に近づくことだし、目的地を決めない旅となればなおさら「行きながら帰り、帰りながら行く」と言えた。

「行き」と「帰り」はワンセットだ。

ただ、そうなると折りかえし点は自分で決めねばならない。

これは大阪に着いたら終りと機械的に決めておくより、かえってむずかしそうだ。

まず、折りかえし点が自分の中にどういうふうに見えてくるのか見当もつかない。一日たっぷり西に歩けば、帰りは一日たっぷり東に歩くことになる。遠くへ行けば行くほど、帰路も長くなるのだ。となれば自分の体の具合と財布の具合とたえず相談してバランスをとらねばならない。

その上に、一ヶ月という自ら宣言したタイムリミットがある。単純に片道は一五日しかない。なにも得られずともやはり物理的に帰ってこなければならなかった。逆に一ヶ月も旅を続けられるだろうかという不安もあった。リュックを背負った腰や足が痛みだし、体がやわらかいふとんを求め、子どもとの談笑やひきたてのコーヒーが恋しくなった時、なんとか旅を中断しても自分に顔の立つ小理屈をひねりだそうと〈ぼく〉が画策するのはわかっていた。

そういう挫折は何回か経験済みだ。

そんな時、それをなだめすかし、はげまして旅を続けさせる補助エンジンのような心のはりをもうひとつ持っていないと失速しそうだ。

ぼくを旅に誘うのはぼく自身だが、しかしその旅の最大の障害になるもののもまたぼく自身だと思えた。

ともあれ、旅の当面の目的は折りかえし点を探すことになった。

五月　長瀞

五月は晴天が続いた。

連休中の長瀞は観光客でごったがえし、国道は大渋滞となった。

なぞなぞ工房も朝から夕方までお客が切れなかった。

ぼくはエプロンをかけ、終日お客の波に押されて小さくなりながら、工房の隅で糸鋸盤に向かっていた。

人が多い時はあまり仕事をしたくない。

実演販売ととられるのがいやだ。

子どもに覗かれるくらいはかまわないし、むしろ見せてあげたいくらいだが、それを売りにするのは「私はパンダです」と言ってるようで耐えがたい。

だからあまり大勢に見られると、ぼくはすっかり恐れいり、『御用の方はこちらのドラを叩いてください』と看板だけだしていつも屋内に入ってしまうのだった。

だが、この連休は臆せずによく働いた。

旅の出発日を六月一日と決めて、とにかくそれまでにぼくの旅費と家族の一ヶ月分の生活費を稼ぎださねばならない。

となれば実演販売した方がおもちゃが売れるのは確かなので、自分の美意識の方にはこの際、目をつぶってもらうことにしたのだ。

今回の旅費はきりよく五万円と踏んだ。

予算をくんだわけではない。

ただ（こんなもんであげたいな）という願望だ。

交通費と宿泊費がいらないのだから、あとは食費だけのはずだ。

食費を一日一〇〇〇円であげれば、一ヶ月でも三万円。

それに博物館・美術館などの入場料とか雑費を含めて五万円。

あればつい使ってしまうタイプだから手持ちは少ない方が賢いし、家族の手前、たくさんお金を使うのは後ろめたかった。

もっともそれ以前に買わねばならない装備はあった。

まず、ザックがない。

高校の山岳部の頃、使っていた大型のキスリングザックは、慣例で卒業の時、後輩に譲ってしまった。

だんびろの足にあわせた特別注文の革靴はきつぶした。

テントは、子どもが生まれる前に真紀子と二人で奄美から沖縄と旅した時に買ったのがあるが、ぼく一人ならもっと軽量で小さいのが欲しい。

この三つはとにかく調達しなければならない。

テントなど、一〇年前なら多少重くとももったいないからと持っているものを絶対かついでいったろうに、今は肉体のために、お金で済むならその程度は許してやろうという気になっている。

連休の売上げ分を持って山道具屋に行き、さんざん迷った末にモンベルの一人用テントを一万八〇〇〇円で買った。

鯉のぼりの背中にフレームを通して、そのまま地面に置いたような形をしている。まったく寝るだけのテントだが、とにかく総重量わずか一・九キロは魅力だった。

色は深い草色だ。

明るい色の生地は朝日があたるとまぶしくて寝ていられないし、雪山に行くわけでもないので人目につかない方がいい。

靴はアシックスのバーゲンで見つけた。

五五〇〇円はこわいくらい安い。

足首の上までくる編上式でゴム底、爪先とかかとだけ固いゴムでガードし、甲は普通の運動靴と同じ布地だ。

山も町も両方歩く予定だから、ごっつい革靴でも町歩き用のスニーカーでも、ちょっとうまくない。

岩角にぶつけても痛くなく、交差点では走れなければならない。

その点、これは重装備の運動靴のようなもので具合がよかった。

結局、大きな買いものはそのふたつに留め、ザックは昔から使っているサカイヤの灰色のアタックザックを手入れして使うことにした。

小さすぎるかなと思ったが、荷物を減らせばいい。

背中にフレームが入っているので型崩れせず、しょいやすかった。

寝袋も高校三年から使っている羽毛のものをそのまま持っていく。

山で夜が寒くて眠れないのは、つらく悲しい。

逆に、日中どんなにきつくても、夜さえ暖かく眠れれば翌日元気になれるというのが、ぼくが山岳部で学んだ知恵だった。

今回はアルミ箔を貼った保温マットも一〇〇〇円で買った。

使ったことはないが、この頃よくクルクル巻いた保温マットをザックの上にのせている人を見かけるので、いいものなんだろうと見当をつけたのだ。

今回は、テントの床にこれを敷き、その上に上半身用のエアーマットを敷き、それから羽毛の寝袋に入るわけで、濡れない限り、暖かく過ごせるだろう。

燃料は固型の白色メタだけでまにあわすことにした。

二、三センチのスティック一本を燃やすだけでカップ一杯のお湯がわいた。

せいぜいコーヒーかお茶が飲めればよく、調理は最初からしないつもりだ。

装備が大ごとになるし、重さも増す。

調理すれば時間もかかるし、それなら、その時間を使って歩く方がよかった。

いっそメタもいらないかと思ったが、火が恋しくなる時もあるだろうからと持つことにした。

他の持物としては一人用のアルミの湯わかしとカップ。百円ライター。タオル。バンソウコウ。靴ひもの予備。スケッチ用のカード。ペンライト。ティッシュ。小物入れがわりのサブザック。五万円の現金。緊急用の二万円入りキャッシュカード。手帳。一リットル入りのポリタン。

服はジーパン一本と短パン一枚。Tシャツ三枚。ネルの長袖シャツ一枚。パンツ数枚。靴下数足。灰緑色のきれの帽子をひとつ。

全行程、これで通すつもりだ。

他にトレーナーの上下を持っていくが、これはあくまで寝る時用で、汚したくなかった。

地図は、どこへ行きたくなってもフォローできるよう、関東甲信越全図というえらく大きいのをとりあえず買った。

細かい道はのっていないが仕方ない。

これで全装備だった。

ひととおりそろえると、あとはひたすら働いた。

トレーニングはまったくしない。

旅のためのトレーニングなど意味がないと思っていた。

ヒマラヤに登るわけではなし、しいて言えば旅自体がトレーニングなのだ。

どの道、なまった体なりの旅しかできないのだから、へばるのは当りまえのことと して甘受するつもりだし、むしろいきなり旅の日常に入った時の自分の体の驚きぐあいを知りたいという気すらあった。

だから最後までいつもと同じ日常を過ごした。

出発前日、なんとか真紀子に一〇万円渡すことができた。

今月はよく働いたからと家族四人でニューファミリーのように郊外レストランで食事をした。店の明るさときれいな食卓に、朋子と隆ははしゃいだ。

出発はいよいよ明日だ。

でも全然、実感がわかない。

誰か他の人が出発するかのようだった。

■六月一日～五日
長瀞――秩父――白泰山――梓山――清里――富士見

六月一日　長瀞――秩父

その日が来た。

朝、いつものように朋子を保育園に送った。

「しばらくいなくなるよ」と夕べ風呂の中で告げたのに、味気ないくらいあっさりと、朋子は他の子たちに混ってしまった。

それから「出発前にやってていって」と真紀子に頼まれていた物置の扉のグラグラを

直し、夏に向かって六畳敷のカーペットをたたんだ。

近所の友人に挨拶をし、登山用具を部屋いっぱいにひろげて、パッキングをした。寝袋・着替・小物・食料・テントの順に詰めて、一番上に保温マットをまるめてのせると、アタックザックはパンパンにふくれあがり、重くなった。

それでもずいぶん検討してリストアップしたものばかりだから仕方ない。

重さには慣れればいいとおうように決めて、真紀子が用意してくれた数個の缶詰もありがたく持っていくことにした。

正午。テレビのバラエティ番組を見ながら、真紀子、隆と三人で昼食。

ローカルニュースが埼玉県南部に光化学スモッグ注意報発令と伝えた。

暑い日になった。

玄関先で新品の靴のひもを丁寧にしめ、振りむいて、真紀子の横でわけのわからぬまま立っている隆を抱きあげてほおずりした。

ひげはそったばかりだから痛くないはずだが、隆はいつものようにキャッキャと笑って無防備に空にのけぞった。

今日は秩父市の西、浦山口のキャンプ場泊まりとし、夕方には真紀子たちも車で来て一緒に食事をすると決めてある。

また夕方会うのだから、これは第一次のさよならでしかない。

だが、現実に出発すれば、本当のさよならが数時間後に迫るのも、また確約される。

(でも、ま、そう、うだうだもいってられないよな)

「じゃあね」

感傷的になりたがる自分に一鞭くれて、灰緑のルンペン帽をひょいとかぶると、一二時五〇分、ぼくは旅にでた。

秩父へは国道一四〇号線の一本道だ。

すぐに親鼻橋《おやはなばし》で荒川を渡った。

長瀞名物ライン下りの出発点で、橋の下には和舟が何艘も係留されていた。

紺のはらがけをした船頭さんが二人、舟の手入れをしていた。

水が光った。

不思議な気がした。

景色がえらく楽しく見えるのだ。

これはほとんど毎日見てきた風景だし、その中にいるぼくも多少かっこうが違うだけで、いつものぼくのはずだった。

近所の人から見れば、（杉山さん、今日はリュックしょってハイキングかしら）くらいにしか見えないだろう。

となると、違っているのはぼくの視点の方ということになる。

たった今、ぼくは子どもの頃からの夢だった諸国遍歴の旅に踏みだしたはずだ。

しかし、現実の世界から夢の世界に入ったわけではない。

どこまでいっても、今ぼくの目の前にある光景が現実だし、夢と現実の間に境めなどない。

しかし、同じひとつの風景の中に夢と現実がすべて、二重に重なってあると考えることはできそうだ。

その光景の中の夢の方を見ることができるのは、ひとつの能力だろう。

だとしたら、ぜひその力を磨きたい。

さもなければ、ぼくのこれからの旅はただ一ヶ月歩いてみたという以上のことをでない。

幸い、いつも見る橋の下の光景が輝かしく見えたのは、ぼくにも少しは夢見る資質があってことなのかもしれなかった。

そうか、ここは埼玉県秩父郡長瀞町ではなく、ぼくの住む町・大いなる川の町ナガトーロなんだって考えてもいいわけだ。

そう思うだけで、世界は少し楽しくなるのだ。


親鼻橋を渡って右折すると、そば屋があった。

そのガラス戸に自分の姿が映った。

黒いTシャツに水色のジーパン、白い靴下に赤いポシェット、三〇代とは思えない明るすぎる配色とそれらにまったく不調和な渋い帽子。

そしてポコンとつきだしたおなか。

これがみっともないのだ。

いかん、もてない。

誰にも言えたものではないが、ぼくはこの旅にひそかにシェイプアップを意識した。

といって、シェイプアップのために運動するという考え方は好きではない。

好きで運動して、結果としてラッキーにもシェイプアップされていればいいのだ。

本当に一ヶ月間歩き通せた時、自分の姿をもう一度鏡に映すことを秘密の楽しみとして、この問題は棚上げにした。

道は皆野《みなの》の商店街を抜け、バイパスをあわせて、急に車の量が増えた。秩父セメントのダンプがひっきりなしに通過していった。舗装路の端ギリギリをひたすら歩くだけで、強烈な日射しはかわしようもなかった。しかも空気はどんよりして山の姿を隠し、体内の熱はいっそ汗になってくれればいいのに、逃げ場を知らずにジトジトこもっていた。道端の自動販売機でコーラを飲んだが、これも汗にはならず、腹を重くしただけだった。

まだ体が、縁側に座っておもちゃを作る昨日までの気楽さから目ざめていず、歩き旅の態勢に入っていないのだろう。

当面の旅の方向を、雁坂峠《かりさか》を越えて甲州に出るか、十文字峠《じゅうもんじとうげ》を越えて信州に向かうか迷っていたが、この暑さで信州に決めた。まだ、涼しそうな気がする。

秩父市内に入り、夜祭りで名高い秩父神社の前が三時四〇分。

出発から三時間だった。

メモ用の手帳を買うつもりでデパートに寄った。

ひょいとエスカレーターに乗った。

あまりに目の前にあったので考えもしなかったが、すぐに（ありゃ、こういう場合も階段を行くのが筋かな）と気づいた。

わずかな時間に理屈をつけた。

今回のぼくの旅は「歩ける道があれば歩く」が基本ルールだ。

だが、第二ルールとして「途中乗物を使っても、それはオプショナルツアーとして、また同じ所に戻ってくるのならよい」ことにしよう。

それなら乗物利用で距離を稼ぐことにはならないし、寄り道も豊かになる。

あえて、またエスカレーターでおりた。

秩父の商店街をはずれ、影森《かげもり》の集落を抜けると、周囲は急に「田舎」になった。

五時過ぎに秩父鉄道の浦山口駅着。

ケーブルカーが入ってきそうな、山の上の小さな駅だ。

じきに、約束どおり真紀子たちが車でやってきた。

後ろの席で朋子と隆が手をいっぱいにふっていた。

一緒に近くの川原におりた。

キャンプ場になっていたが、シーズン前で誰もいなかった。

水ぎわの大きな一枚岩の上に四人座り、真紀子が昼過ぎからずっと作っていたという五目寿司だのスパゲッティだのサラダだの、いろいろな御馳走をひろげた。

子どもたちはよく食べ、ぼくは缶ビール二本で十分に酔った。

気持よい別れの宴になった。

やがて空に新月がかかった。

「さあ、暗くなってきたから、もうひきあげなよ」

「そうね、まあもう少し」

朋子が訊いてきた。

「ねえ、おとうさん。ほんとうにたびにでるの?」

「うん」

「どうして？」

「んー、どうしてって言われてもねえ……」

その答えがわからないから旅にでるようなものなのだ。

「やまんばがでるんじゃないの？」

ぼくと真紀子は静かに笑った。

大笑いするのは朋子の真剣さに対して失礼だろう。

「大丈夫。見つからないようにするから」

「おおかみがでるんじゃない？」

「そうしたら木の上に登るから」

「ふうん」

朋子はまだ心配そうだった。

あたりはいよいよ暗くなり、周囲の森はシルエットになって沈んだ。

瀬音も強まった。

本当におひらきの時間だった。

駐車場まで送り、車に乗せようと朋子を抱きあげた。

「ねえ、おとうさん。ともこもいっしょにいく」

「ううん、五歳になったらね」

「よんさいでもいいじゃない」

最近四歳になったのが朋子の自慢のタネと承知しつつ、本人にはどうしようもないところをついて断ってしまった。

もちろん朋子の反論どおり、一人の子の中の四歳と五歳の違いなどなにもないのだ。

その時、真紀子がエンジンをかけた。

「じゃあね」

子どもたちが、遠ざかる車の後ろの窓で手をふった。

口が開くのは、もちろん「バイバーイ」と言っているのだろう。

それもすぐ黒く見えなくなり、ナンバープレートだけがライトに浮き、やがて山かげを左に曲って消えた。

帰っていつものように風呂に入り、電灯の下で絵本を読んでもらって眠るのだろう。

さてテントを張ろうと思ったが、よく見るとドアーのあいているバンガローがあった。

この時間なら、もう管理人も来ないだろう。

中の板の間に保温マットをひろげ、八時ちょうどに寝袋にもぐりこんだ。

すぐには眠れなかった。

時間が早過ぎることもあるし、興奮もしていた。

「ぼくは今日、旅にでたんだ」とあらためて自分に言いきかせた。

六月二日　秩父――白泰山

早朝五時に目がさめた。

夕べは結局一二時まで眠れなかったが、とにかく横になっていたのでふくらはぎのはりはとれていた。

川原の水でコーヒーをわかし、ザックのおにぎりをほおばると、国道をまた西に向けて歩きだした。

八時過ぎに秩父鉄道の終着駅の三峰口《みつみねぐち》に着いた。

電車に乗れば一時間で長瀞に帰れる所だ。

構内でポリタンに水をたし、ザックにしまった時、アクシデントが起きた。

ふたをして皮ひもをグイッとひっぱったら、ザックについた止め具の縫いくちから本体の布地が横にビリッと裂け、中の荷物がのぞいたのだ。

放っておけば、あけしめのたびに傷がひろがって使えなくなるだろう。

しばらく考えて、工房の押入れに入っている真紀子のザックを持ってきてもらうことにした。

留守なら電車で取りに戻らねばならなかったが、真紀子はうまく電話にでてくれた。

大輪《おおわ》の集落でおちあうことにして、また歩きだした。

今日も暑くなりそうだった。

幼稚園バスがもうじき迎えに来るのだろう、同じ服を着た子どもたちが道脇に集まっていた。

一人の子のおばあさんがニワトリのような声で叫んだ。

「さあ、みんな、もうバスが来るからね。きをつけをしなさい！」

子どもたちはすぐに、道路に直角に一列になって並んだ。後ろの子は道横の畑に上るゆるい土手に踏んばって立った。その前をぼくがゆっくり通り過ぎた。子どもたちの首が右から左にいっせいに動いた。

それからだいぶ過ぎ、ぼくが荒川にかかるアーチ橋を渡って遠く振りかえっても、まだバスは来ないし、誰も動かなかった。

荒川の上流に向かうとともに谷は険しさを増し、水は道のはるか下を流れるようになった。

「金蔵おとしの絶壁」という、想像力をかきたてられずにはいられない名の崖を対岸に見送って、じきに大輪の集落に入った。

大輪は三峰神社に上るロープウェーの起点なので、みやげもの屋が数軒あった。その中ほどのひいきのまんじゅう屋で、真紀子はクスクス笑いながら待っていた。持ってきてもらったアタックザックに荷物をつめかえ、せっかくだからとまんじゅうを一皿いただくことにした。

だが、隆をひざにのせ、一緒にお茶を飲んでいると、妙に落ちついて別れがたくなってくる。
「さて、ぼつぼつ」と言うものの、それ以上のきっかけがない。
そのうち、「あーあ、車道歩きはつまらないなあ。早く山道に入りたいよ」という
ぼくのことばを受けて、真紀子が言った。
「少し送っていこうか?」
どのみち国道はもう少し先で奥秩父の山塊にぶつかって行きどまりとなる。
そこまで車で乗せていくと言うのだ。
(どうしよう)
歩く旅だと決めた以上、開始早々ルール違反では自分がしらけるし、後で人に自慢
できない。
だが、ルールを変更するならやはり開始早々の今がいいのだ。
また、とっさに理屈をつけた。
自分から車をとめたり、頼んだりは決してすまい。
だが向こうから車をとめて「乗せてあげる」というなら、その好意には甘えるのが
むしろ自然な流れではないか。

これを第三ルールにしよう。

（こんなことばかりやってると旅がなしくずしになるかな）とためらいながらも、真紀子の提案にのった。

「そうそう、無理はしない方がいいのよ。意地をはって今まで何度も失敗してきてるんだし、もう若くはないんだから」と、真紀子が助手席のドアーをあけてくれた。

そんなつもりではないから言いかえした。

「自分だって若くはないじゃないか」

「そうよ、もう私だって若くはないのよ」と真紀子は笑って受け流した。

信州に抜けるには、奥秩父の中心、甲武信岳《こぶしだけ》から北に伸びる山脈を十文字峠で越すことになる。

その登山口まで送ってもらうことにした。

ちょっとの距離のつもりが、実際に走ってみるとけっこうあって、秩父湖の横を抜け、秩父最奥の集落の栃本《とちもと》まではたっぷり四〇分もかかった。

歩けば一日分に近い距離があったろう。

南向きの急な斜面にへばりついた集落を関所跡で曲ってしばらく、とうとう「十文字峠登山道」の立札がでた。

　一二時だった。

「着いちゃったね」

「うん、着いちゃった」

　なにか話しだすときりがないので、すぐに飛びおりてザックをしょった。

「じゃ、どうもありがとう」

「うん、気をつけて」

　真紀子の髪を軽くなでると、車道の右脇から始まる山道を登りにかかった。

　山道は、ほんの二〇メートルで杉の植林の中を曲ってしまう。

　それでもう見えなくなる角に来て振りかえると、真紀子が隆を抱いて下に立っていた。

　ちょっと手をあげると、真紀子が隆になにかささやいた。

　隆が不器用に腕全体をふった。

　笑顔を返して、気合で角を曲り、すぐ止まって耳をすました。

　しばらくしてエンジンの音がし、それが遠ざかっていった。

深呼吸して、ゆっくり歩きはじめた。

地図には栃本から白泰山《はくたいさん》（一七九四㍍）の避難小屋まで三時間とある。

どうせなら屋根の下で寝たいから、今日はそこまででいい。

まだお昼だから、ゆうゆう着くはずだ。

だが、体は想像以上になまっていた。

ぜい肉がたっぷりついた足は重く、意識的に互い違いに上げてやらなければ進めなかった。

本格的な登り坂になったとたんに、くさい汗がどっと流れだした。

背中のザックが急に重くなった。

登りはじめて五分後にはもう荒い息を吐いて休息し、一〇分後には休憩用のベンチに大の字にひっくりかえった。

目の前には、秩父湖をはさんで、ただただどでかい弁慶のような和名倉山《わなくらやま》の山容があったが、まったく景色どころではなかった。

それからまた、杉の植林の間の狭い道をずいぶん登った。

蟬の声と鳥の声、そして強烈な木の香が鼻についた。

上の方の枝をピョンとリスが渡った。

最初から、一〇分歩いて五分休む超スローペースだ。計画的に小刻みに歩いているのではなく、本当に一回にそれくらいしか体が動かなかった。

ドッと荷を投げだしてへたりこむと、汗に虫が集まってきた。

（まあ、今日中に小屋に着けばいいんだから）と休み、一息いれると（でも、とにかく歩かなきゃ着かないいんだから）と立ちあがるのを、何回となくくりかえした。

久々にぼくは、知恵も知識もお金もなんの役にもたたず、ただただ自分の体を使うしか切り抜けようがないという状況にあった。

そして辛いけれども、この悪戦こそ、ぼくがこの旅に望んだものなのだという妙な満足感もどこかにあった。

上手に世渡りしようとする〈ぼく〉のでる幕などどこにもない。

〈ぼく〉も〈彼〉も一緒になって、ただただこの足を一歩一歩持ちあげていくしかなかった。

二時過ぎ、ようやく植林帯を抜けて原生林になった。

木にはつたがからまり、下草が密生して風通しが悪く、展望はまったくなかった。夕べの寝不足もあって、休むとウトウトした。コーヒーをわかし、焼おにぎりを食べたら少し元気がでたが、やはり一息に一〇分以上は歩けない。

なんとも荷物が重い。

単調でアクセントのない尾根道のなぐさめは、時折右手に両神山《りょうがみやま》の鋸刃状の稜線が見えることで、その角度でだいぶ高度を稼いだのがわかった。

前方にコブが見えてくると、なんとか道が巻いてくれるように願ったが、たいてい真正直に乗越えさせられた。

だんだん休む時間の方が長くなってきた。

まぶたが重く、足が重く、両腕もはずしてしまいたいくらいだるく重い。

白泰山らしい丸く大きな山容を前方に認めてからも、ただノロノロ歩くだけだ。（もしかすると、これはたどりつけないかな）と、日没時間が気になりだした五時五〇分、やっとブロックづくりの白泰山避難小屋の前に這いだした。

誰もいなかった。

とにもかくにも荷を下し、小屋の正面の岩に四つんばいで上って、ひっくりかえった。

ただ、今日はもう歩かないでいいことが嬉しく、肩と口で大きく息をするだけだ。

「しごかれた」と思った。

岩の上からは雲取山《くもとりやま》から甲武信岳につながる奥秩父の主脈と明日越える十文字峠方面が豪快にひろがっていた。

縦横自在に吹き抜ける山上の風に汗は急速にひっこみ、町暮しの名残りのくさいにおいだけが体の表面に残った。

栃本から五時間五〇分。

日の長い六月だから助かったものの、標準タイムの倍かかった。

（そんな馬鹿な。これでも元山岳部なのに）と思いつつ、とにかくこのてい、たらく、を認め、うけいれるしかなかった。

途中、まったく人間に会わなかった。

今日この山域に入っているのは、ぼく一人らしい。

大展望に身を横たえ、すっかり暗くなったところで寝袋に入った。

六月三日　白泰山——梓山

五時半に目がさめた。

体は疲れているのに夕べも妙に頭が冴えて眠れなかった。

まだ、旅の暮しに慣れていない。

栃本以降水場がなく、一リットル入りのポリタンはもう半分以下で不安だが、やはりほんの少しだけコーヒーをわかした。

小屋の外に出ると、武信県境の稜線からあふれた雲が、コップのふちから流れる水のようにどんどんこちら側に入りこんでいた。

風もでてきた。

天気は下り坂だった。

六時二〇分出発。

あいかわらず樹林帯の見通しの悪い尾根の上下が続いた。

昨日よりはいいかと思ったが、やはり一〇分歩いて五分休みの超スローペースでしか歩けなかった。息があがり、腿はうさぎとびの翌日のように力がなかった。

そこかしこにトロロコンブのようなサルオガセがついた梢の下を行くと、前方にこれから越える赤沢山《あかさわやま》の岸壁が見えてきた。

切りたって、うんざりする高さだ。

休み休み、ようよう登ったところで、北の方に意外に近く浅間山《あさまやま》が見えた。

さらにしばらくして、右手の岸壁から水が一筋、流れでているのを見つけた。

このコースではみんな水に苦労するらしく、避難小屋に備えつけのノートにはいろいろな水場情報が載っていた。もちろん手帳に控えたが、ここまではすべて空振りだった。

コップ一杯ためるのに一分くらいかかる微々たる量だったが、ポリタンにはもう一口分しか残っていなかっただけに、「おお、おお」と声がでた。

顔を洗い、コーヒーをわかし、満ちたりて立去りがたいが、ザックにつけた熊よけの鈴が置いたままでも鳴りだすほどに風が強まったので、ともかく出発した。

空気が湿ってきた。雨が近いようだ。

また樹林帯の中をスローペースで上ったり、下ったりした。

道は整備されているが、展望はほとんどない。

小さなコブを巻き、十文字峠から三国峠《みくにとうげ》への武信県境尾根が、もう右手の小さな谷ひとつ隔てた目前に来たところで、「標高二〇〇〇メートル地点」の立札がでた。

一日中、日のあたりそうもない深い森の中だ。

あたりはどこか邪悪なものが住むようにヒンヤリとしていた。

地表を覆う黄緑の苔がコメツガの大木の根から幹までびっしりと這いのぼり、右下の谷から左上の尾根の視界のきく限りまで広がっていた。

狭い間隔で生えた木の、葉の重なりに空は隠され、上から下まで緑一色の薄暗さだった。

その間を地からもちあがった木の根の空洞に足を突っこまぬよう注意し、倒木をのりこえて少しずつ進んだ。

甲武信岳から来る山道をあわせて、十文字小屋の前に着いたのは昼の一二時半だった。

人がいた。

十文字峠はシャクナゲの群落があり、折からの花のシーズンに、信州側からけっこう人が登ってきていたのだ。

昨日、家族と別れて以来、一人でいたのはただの一昼夜に過ぎない。だが一昼夜、人に会わないというのもめったにあることではない。もう少し喜びがあってもよさそうなのに、小屋の前のベンチに腰かけて登山客が談笑しつつ弁当を食べる光景は、長い長い木と虫の国を抜けてきた身には、安堵よりむしろ異様に映った。

そう感じる自分の感覚がまた不思議で、しばらくはシャクナゲの花の横でボーッとしていた。

それでもとりあえず止まると風が寒いからと、ザックから長袖のシャツをひっぱりだしていると、すぐ横のテーブルで弁当をひろげていた女性ばかりの登山グループに「出発！」の号令がかかった。

とたんにあちこちで、「あらあら、まだ食べてないのにー」

「こんなに残って、どうしましょう」

「持ってってもしようがないわねー」と声があがり、気配を察して大きな動作でシャツに腕を通すぼくに、

「おにいさん。よかったら食べません？」となった。

「ええ？　いいんですかあ？」

「いいのよお。山で会ったら、みんなお友だちよぉ」

そしてぼくは、カップうどんとカップラーメンとおにぎり三ことソーセージとトマトと漬物を風の中で得た。

暖かいのが嬉しかった。


一時過ぎ、峠を西側に下りはじめた。

信州側は樹相がはっきり違っていた。

カラ松の一本一本がすっきりと伸び、下草が低い。

木々に空間があるから風通しがよく、日射しも届く。

すべてがからみあって人を寄せつけない秩父側と比べて、人を安心させるものがあった。

ただし、道は長く急な九十九折りで、下り疲れて一休みし、やや飽きた頃、沢にでた。

雨が降りだした。

傘をさして沢を左右に渡りかえしながら、なお下り、最後に流れの早い太い川を危なっかしい木橋で渡って、砂利を敷いた車道にでた。

これで、今回の旅の第一関門、奥秩父の山塊をなんとか越えたことになる。秩父盆地の井戸の底から這いあがる行程が、今、終ったのだ。

もう、なにがあろうとも車で迎えにきてはもらえないし、後戻りはできない。第一、もう一度あの急坂を登りかえすくらいなら、進んだ方が楽だ。

そしてここからは一本道ではなくなる。自分で道を選ぶのだ。

自由の身となって旅の世界に入っていくのはこれからだった。

一帯はシラカバの点在する美しい原だ。

新緑の柔らかな葉が雨に叩かれ、その切れめのない音が逆に静寂を感じさせた。もやっと煙るのでなく、細いながらも凛とした銀の雨に、傘からはみだしたザックと靴がだいぶ濡れたが、それも高原野菜の畑にでた頃、うまくやんでくれた。

左右の山は徐々に後退し、まんなかをよぎる砂利道の両側は広々とした畑になり、あちこちで人が働くのを見るようになった。

男が機械で黒ビニールを畝に沿って張ると、女がその後ろから一定の間隔でスコップで土をかけていった。

信州側の最奥の開拓農地だった。

二時間近く歩いて、夕方梓山《あずさやま》の集落に入った。

各家とも庭を大きくとり、そこここにある真白い蔵の壁には「水」の一文字がキリッと映えた、品のいい集落だった。

人里に、それも夕餉時にでてきたので妙になつかしく、あまりおなかも減っていないのに食堂に入った。

こんな小さな集落で一軒でも食堂があるのは見つけものだし、あとで空腹になっても店が閉まってしまえばどうしようもない。

一日三食、朝昼晩に食べるという慣習に一人になってまで従うこともないし、この旅の食事は時間を問わず、食べられる時に食べられる所で食べるということになりそうだ。

キツネ顔のおばさんが、味の素を雪のように降りつもらせた親子丼をだしてくれた。

少し道を戻って玉石の川原に下り、この旅で初めてのテントを張った。

横になったのはまだ六時前で、さっきの高原畑の方からポツポツ車が戻ってくる頃だった。

六月四日　梓山――清里

高らかに鳴りひびくチャイムの音で目がさめた。

まだ五時だ。梓山の集落はこれでいっせいに起きるらしい。

（これはたまらない）ともう一度、寝袋にもぐりこんだ。

だが、地域に共同体を作って開拓にあたるとはこういうことなのかもしれない。

旅人がどうこういうことではないし、当初の理念がある限りは苦ではないのだろう。

その精神が風化すれば、かえって住みにくくなってはしまうわけだが。

七時半、夜露に濡れたテントをたたんで出発。

山裾をひとつ巻くと、これから下る川筋の正面に八ヶ岳の赤岳《あかだけ》（二八九九メートル）・横岳《よこだけ》（二八三〇メートル）・硫黄岳《いおうだけ》（二七四二メートル）の赤茶色の岩肌が現われた。

今日はたぶん一日八ヶ岳を見ながら、近づけるだけ近づいて終ることになるだろう。

流れる川も荒川ではなく、最後は日本海に入る千曲川の上流にかわった。

天気は上々だし、今までの自分の生活圏を完全に離れた。

（さあ、ここからが本番だ）と、つばを飲みこんだ。

安野光雅の絵にでてきそうな赤い三角屋根の小学校を過ぎたところで、保育園に行く途中の子ども四人と一緒になった。

みな、揃いの黄色いヘルメットをかぶっている。

その子たちに、さっきから右手前方に見えて気になっていた槍の穂のような山の名を尋ねた。

一人の男の子が素気なく「知らねえ」と言い、「なあ、知らねえなあ、みんな」と他に合槌を求めた。

それっきり会話にもならず、二、三分行ったところで突然「ワアーッ」と四人で走って行ってしまった。

不粋なヘルメットを朝日に光らせて、本当に子どもは意味なく走る。

目で追うと、川沿いの並木の陰に園舎らしい建物が見えた。

初めての土地で道がわからない時、あえて子どもに訊く癖がぼくにはあった。

小さい頃、大人に道を尋ねられてカチコチのよそゆき語で応対し、「どうもありがとう」と頭をなでられた記憶が晴れがましく悪いものではなかったからだ。

その意図が当ろうが空振りに終ろうが、ぼくはやっぱり石を投げ続けるのだろう。

とんがった山の名は天狗山《てんぐやま》（一八八二メートル）と、あとでわかった。

そのとおりの形をしていた。


昼近くJR小海《こうみ》線の信濃川上《しなのかわかみ》駅着。

左折して野辺山《のべやま》をめざした。

梓山の食堂にあったヨレヨレの旅行雑誌に載っていた伊那《いな》の飯田をとりあえずの目的地にしようと、夕べ考えついたからだ。

なぜ飯田かといって、はっきりした理由はなかった。

ただ、とにかくそう思ってしまったので、そのためにはとにかくここから八ヶ岳の南側にまわりこまなければならなかった。

野辺山へ向かう広い道はところどころ砂利まき工事中で、車が横を通るたびにもうもうたる砂ぼこりで前が見えなくなった。

それが終ると、上天に来た太陽の直射に加えて、今度は舗装路の照りかえしが皮膚を貫いた。

ブロッコリーの畑を突っきる一本道の、右正面に八ヶ岳、左奥に南アルプスという大きな景色の中で、見渡すかぎり建物はなにもない。

カンカン照りの下でザックをおろして休むところといえば道横の電柱の細長い影の中だけだ。

ペタペタと三〇分歩いても景色は変らず、目の前にはさらに三〇分後に自分が歩いているだろうあたりの景色がよく見えた。

平坦な一本道は地平線の丘まで伸び、正面からやってくる車はまず屋根が見え、ついでフロントガラス、バンパーの順に現われて、まるで地球の丸さを証明するかのようだ。

まずいことに、暑さに加えて、朝からの舗装路歩きに足の裏が腫れてきた。

土の道は足にやさしく、疲れは体全体に均等にくるが、アスファルトの道は足の裏や膝だけを集中的に責めてくるので、イライラする疲れ方をする。

仕方なくデレデレ歩くうちに、緊張感もなくなってきた。

（どうしてこんな旅にでたんだろう）という気持が、旅にでて初めて湧いてきたので、しばらくそれに頭を任せることにした。

（そう考えることもあるだろう）とは出発前から予測できていたので、これはこれで自分の思考を客観的におもしろがるゲームのようなものだった。

互いに対戦相手の手の内を知っているわけだから、かけひきのしようもないはずなのに、あえて頭のエンジンを全開させなかったりしてゲームらしくする。

味わいたいのはゲームの雰囲気だから、どっちが勝とうともそれはそれでいいのだ。

野辺山駅に着いた。

トルコふうとも中国ふうともつかぬ曲線の壁の、白一色の駅舎だった。

大学生かOLか、テニスのラケットを抱えた女の子が何組もいた。

思いついて、洗面所で髪をシャンプーし、ひげをそった。

汗と脂で頭にへばりついていた髪が、すっきりした。

体も洗いたかったが、さすがに見あわせた。

線路沿いに歩いて「国鉄最高地点」の標柱の横を通ったら、車をとめて記念撮影しているグループが三組もいた。

富士山のてっぺんに自分の足で登った証拠の写真ならともかく、電車が通る最高地点に車を乗りつけて写真を撮ることにたいした意味はなさそうだ。

でも、観光というのはそもそも意味のないことをしに行くことだし、ぼくも家族と一緒にここへ来れば、やはり「ニコニコ、ハイ、チーズ」とするのだろう。

世間を観察するのが目的ではないのに、まだ、この旅に気負いがあるらしい。


今日は日本中、軒並み三〇度を超えたそうで、頭がボーッとする。

足の裏は水豆ができて腫れあがり、とくに左足の親指と人差指のつけねには、歩くたびに裸足で小石を踏んづけるような痛みが走った。

かばって歩くのでペースが落ちた。

それならそれで今日はもうテントを張ればいいのだが、あと一駅分歩くと清里《きよさと》に着く。

賑やかな店がたくさんあるし、その冷やかしはぜひやりたい。

今ここで泊まると、清里は明日の早朝、どの店もシャッターがおりているうちに通過となってしまう。

行くあてなしの急ぎ旅だ。

「見たい」とはいっても、そのために何時間も待つほどの大げさなものではない。だが、今なら「ついで」だ。

で、リゾート地のブラブラ歩きを楽しみたいために、痛みをこらえてピョコタンピョコタンひたすら国道を歩き、夕方の五時に清里駅前に出た。

近くの道路脇の林の中に、ちょっと発見されにくい草地があったので、サッとテントを張った。

それから、旅の雑誌のグラビアそっくりの女の子たちが押しあいながら歩くメイン・ストリートに向かった。

ズラッと並ぶみやげもの屋やブティックは、どれも国籍不明の古城やら丸太小屋やらを派手な色づかいで模していた。

通り側だけ趣向を凝らしても、横にまわればプレハブなので、風格もメルヘンもあったものではない。

ただ一所懸命メルヘン調を志向するだけだ。

だが、斬るのは簡単だが、そういう猥雑なエネルギーはなんだか嫌いではない。

ここは都市の風俗が大自然からえぐりとった植民地だ。

植民地である限り、こじつけ文化になるのは当然で、それが「本物ではない」と決めつけたところで仕方ないだろう。

暗くなるギリギリまで明りの下を浮遊する感覚を楽しみ、惜しみつつテントに戻った。

ペンライトの灯りでスポーツ新聞を読んだ。

六月五日　清里―富士見

夜中は大変な星空だった。

天の川が白く中天を横切り、ふだんは見えない星々が気味が悪いほどたくさんでた。

六時二〇分起床。

今日も快晴で、木立ちの間に八ヶ岳の主峰・赤岳が一気にせりあがって見えた。

出発前に夜露に濡れたテントを枝に渡して干し、思いきって水豆の切開をした。

昨日さんざん舗装路につけられた左足の裏は、皮が三センチ幅で白くふくれあがり、ヒゲソリの刃を入れても痛くもなんともない。

傷をつけて指で押すと、鯨の潮吹きのように水が高く上ってぺってぺんで左右に割れた。


ばんそうこうで止めて、靴下を二枚はいた。

こんな形で旅が不快なものになるとは思ってもいなかった。

ぼくの足はたった一日の車道歩きに耐えられなかったのだ。

ふだん、車に乗るライフスタイルを選択したのはぼく自身だが、だからといって歩けなくなることまで選択したつもりはなかった。

しかし、現実にはぼくはそういう取引きをしていたのだ。

今はそのツケをすなおに払うしかない。

今日も暑くなりそうなので、半ズボンにした。

足をさらすのは今年初めてだ。

ずっとジーパンの下に保護されて、人の視線など関係なく運動もせず怠惰を重ねてきた足は、豚のように張りのない薄ピンクだった。

とりあえずの目的地の飯田へは南アルプスの北の入笠山《にゅうがさやま》を越えて高遠《たかとお》から伊那にでて、天竜川沿いに下るのがいい。

今日は入笠山への登山口がある富士見へ向かうことにして、清里駅前から小海線に沿う林道を歩きはじめた。

未舗装なのが足の裏にはありがたく、いくらでも歩けた。

人間の体はやはり土の上を歩くように設計されている。

「ノームの家」「ゴロ寝のパパ」「ブルドッグハウス」といったおかしな名のペンションばかり現われる静かな林道をもくもくと歩いて、昼頃甲斐小泉《かいこいずみ》駅着。

ここからは線路を離れ、八ヶ岳の南の裾を巻くことになる。

八ヶ岳の景色も権現岳《ごんげんだけ》・編笠山《あみがさやま》のなめらかな姿が主役になった。

ウェスタン牧場やテニスコートが続き、時折すれ違う人は、みなヒゲでバンダナを巻いていた。

たいていはよそから移り住んだのだろう。

男は木工や農業、女は染めものや織りものをしながら「生命の讃歌を高らかに歌って生きる」ふうの人の中には、きっと昔どこかで会った友人もいるような気がする。

馬が青草を喰む光景を横目に、手彫りの看板を掲げた木工の工房を「見学させてほしい」と声を掛けようかとも思ったが、自己紹介をするのがなんだかおっくうなので、黙って通過した。

社会見学の旅でもなし、友人づくりの旅でもなし、ではなんの旅かといえばよくわからないが、自らことを起こすこともなく旅そのものの中になにか見つけられればいいなと思うのだ。

スピーカーをつけた車が、富士見《ふじみ》町内のスーパーマーケットのバーゲンセールを告げながら通過した。

どうやら富士見の引力圏に入ったようだ。

若い夫婦が畑で草刈機を動かしていた。

男が女に機械の操作を教えている。

とても農家出身とは見えない細身の女が、へっぴり腰で緊張しながら操作していた。

男は横で幸福でたまらないというふうに笑っていた。

その先の二又で、信号待ちの車に道を尋ねた。

「富士見。行くとこだよ。乗せてくよ」

ヒッチハイクに見えたのだろう。

（ええ⁉）と思ったが断わる理由はない。

(これでいいんだよな)と自分に言いきかせつつ、乗せてもらった。ザックをおろし、助手席に腰かけると、足の裏にたまっていた血がスーッと拡散するのがわかった。

車の主は富士見高原のペンションのオーナーだった。ペンション経営のおかしなエピソードを笑いながら聞くうちに、どんどん坂を下って中央線の富士見駅前に着いた。

丁重に礼を言って別れた。

駅前には学ランの高校生が鏡に向かって髪をかきあげたり、買物のビニール袋を提げた主婦が自転車で走り去ったりの、ごく普通の町の生活風景があった。

なんだか嬉しくなって立喰いソバを食べ、本屋をのぞき、新聞を買い、(さてもっと他になにかすることがないものか、なければ行かねばならないからなにかないか)と考えるが、思いつかない。

本来ならここで今日の行程は終っているはずなので、もうテントを張ってもいいのだが、車のおかげで楽をさせてもらったことにやはり釈然としないものがあった。

理屈っぽく、ぎこちない自分を少々持てあましつつ、もう少しだけ歩くことにした。

ひっきりなしに車が通る国道二〇号線を渡ると、道は次第に町から村の風景に変り、じきに入笠山への登りになった。

入笠山は頂上直下まで車道がクネクネと伸びている。人家が切れて誰も通らない灰色の道を足をひきずるように歩き、日没寸前の六時四五分、「沢入登山口」の立札の前にでた。

いそいでテントを張ってもぐりこんだ。

足の裏が火照り、日に焼かれた首筋が痛い。

■六月六日〜一〇日
富士見——伊那——奈良井——野麦峠——高山

六月六日　富士見——伊那

首筋に剣山を押しあてたような痛みがある。

きっと日に焼けて真赤になっているのだろう。

昨日の夕方、車で楽したことへのこだわりから無理矢理歩いたおかげで、案の定、今朝は右足の裏に大きな水豆ができていた。また切開した。

左足の方は白くなった皮がペロンとぶ厚くむけて、中の赤い肉がむきだしになっていた。

化膿しないように祈った。

幸い今日は土の道で始まるので、足の裏は喜んでいる。

しかも丸太を階段状に埋めこんだり、踏み石を敷いたり、よく整備されたハイキングコースで歩調にリズムができた。

クマザサのやぶもすぐに消え、木々の下を風が抜けるようになった。

それでも本格的な登りになると息があがって、やはり一〇分歩いて五分休みのペースでしか歩けなかった。

あの十文字峠を越えたのだから少しは強くなっているかと思ったらそうでもなく、気合だけが空回りした。

いっぱしの登山家気分でひとしきり登ったところで、とつぜん山道にコンクリートの電柱がでてきた。どっと疲れた。沢にでたので顔を洗い、朝食に長瀞からはるばるかついできた赤貝の缶詰をあけた。これが重かったのだ。

それでも真紀子がでがけに寄こしたものだし、山では非常食糧の携帯は鉄則だからところまでかついできたが、清里や富士見のスーパーでも売っていたので悲しかったのだ。

また一登りで鈴蘭《すずらん》小屋に着いた。

林道が通っていて拍子抜けだが、ここはもう主稜の尾根上だ。

小屋の壁に「鈴蘭コーヒー」とあった。

（四〇〇円はもったいないかな）と思いつつ、注文した。

コーヒーそのものよりも、山の丸太小屋のテラスでなら丼飯よりもコーヒーを飲みたいと思う自分でありたいという気分と、（バカ！　四〇〇円だぞ四〇〇円！）と思う自分が交差した。

待つ間、小屋の売店コーナーをのぞいたら、赤貝の缶詰があって、また、力が抜けた。

ここに荷を置かせてもらって、入笠山頂に登ってくることにした。

タンポポの黄色いじゅうたんの間を行き、急坂を登ることしばらくで木がなくなり、岩角をつきあげるようにして、ポコンと空に抜けだした山頂に立った。

標高一九五五メートル、石がゴロゴロしたてっぺんでは登山者が東西南北思い思いの方向に腰をおろして、展望に見いっていた。

八ヶ岳、美《うつくし》ヶ原《はら》、穂《ほ》高連峰《たかれんぽう》、乗鞍岳《のりくらだけ》、中央アルプス、木曽《きそ》御岳《おんたけ》、南アルプス、奥秩父、どちらの景色にもまったく不満はない。

目の下には中央高速道を行く車の流れが、えらくゆっくりに見えた。

後から登ってきた小学生がわざわざケルンの上に立ちあがって「やったー、ここが一番高いぞー」と声をあげた。

まわりの人たちが笑いながら振りかえった。

煙草もやらず、連れとの会話もバスの時間の予定もないぼくには頭をきりかえるきっかけがなくてつい長居したが、それでニッコリしたのを機に戻ることにした。

ここから高遠へ直接下りる道はない。

主稜上の林道をいったん北に向かい、芝平峠《しびらとうげ》から川沿いに南西に下ることになる。

ざっと二〇キロはありそうだ。

車のわだちが深い白茶けた林道を歩いていると、時々後ろから車が来た。

砂ぼこりを避けて道端に寄るが、つい（また拾ってくれないかな）という気が起きた。

昨日の毒がまだ効いているのだ。

車の方を見ないようにしてやり過ごした。

ドライバーに視線を向けるといかにもあわれみを乞うているようにとられかねないし、目をあわせてそれと察知してから通り過ぎるドライバーの心も一瞬くもるだろう。ぼくは好きでこういう旅をしているのだから、勝手に疲れていいのだ。

大事なことは、単に「楽しい」とか「楽だ」とかを指向するのでなく、一〇〇パーセントの自分の裁量の結果の「楽しい」とか「悲しい」とか「疲れた」とかの全体を丸ごとおもしろがるようになることのはずだ。

ちょっと油断するとこんな状況下でも小賢しい処世術を持ちだしてくる自分に、〈彼〉がせっせと言いきかせていた。

尾根通しに一時間半歩いて芝平峠に着いた。

目の前の八ヶ岳もしばらく見納めだろう、意識的にひとにらみして砂利道を西に下った。

右に左に九十九折りの谷あいの道は広いけれども展望がなく、周囲の木々の葉は車の土煙で白く汚れていた。

どんどん標高を下げ、いくぶん傾斜がゆるやかになって、小さな集落に入ったと思ったら、廃村だった。

土蔵は壁に穴があいているし、耕地は草ぼうぼうで、三軒の家屋も朽ちはてていた。

ウグイスが鳴き、花も咲いているこの白昼に人影だけがない。

気味が悪いので、そうそうに通過することにした。

妙なことにそのうちの一軒には、たった今まで人がいたような体温があった。

とくに、床板も戸もはがれたその家の、外に出された錆の浮いた洗濯機には、それ自身のなにかただならぬ意志があった。

いつからか知らないが、家主が去って以来、フタのあいたままの洗濯機は来る日も来る日も通行人を待ち続け、ついに怪物になってしまったかのような殺気を放っていた。

大きな犬の前を横切る時のように、緊張を押えこむように隠して素知らぬ顔で通過した。

背中にはっきりと洗濯機の視線を感じた。

汗をかいた。

それから沢に沿って、いくつかの集落を過ぎた。

どこも狭い谷あいの道横のわずかな平地にトタン屋根の家が三、四軒あるだけだ。三歳くらいの女の子が一人、家の前で赤い三輪車にまたがってぼくを見ていた。ニッコリして見せたが、こわばった表情を変えてくれない。しばらく行ってからヒョイと振りむいたら、やはり無遠慮にぼくを見つめていた。なんかうまく言えないが、がんばって生きてってくれよなと思った。

それから一時間歩いて、ようやく分校のある少々まとまった集落にでた。道も舗装され、川にも堤ができた。

峠以来、川の一生のパノラマを見るようだ。

西側の山をトンネルで抜けて隣の沢筋に移り、汗びっしょりで高遠の市街に入ったのはもう夕方の五時だった。

クーラーをめあてに入った本屋のラジオが「今日も三〇度を超えた」と放送していた。

足の裏の痛みに加えて、長い長い下りで膝にもガタがきていた。

もう今日はこれで十分だが、神経の方は元気なので、伊那市までの九キロの国道を行けるところまで行くことにした。

高遠の観光名所は、以前見たことがあるので未練がなかった。

振りかえると西日を浴びた仙丈岳《せんじょうだけ》（三〇三三㍍）が、その手前にある三つの連なりが作るシルエットよりも高く幅広くはみだして、赤茶色に光っていた。

ところが歩きだしてみると国道沿いは家や店がまったく途切れず、人目を忍んでテントを張るスペースがなかなか見つからない。

やけになって歩いて、すでに真暗の八時半、天竜川の岸にでた。

長い橋を渡るとネオンのまぶしい伊那の町だった。

まず映画館を探した。

土曜なのでオールナイト上映があれば中で寝られると、道々考えていたからだが、九時で終りだった。

駅の待合室は寝られるかと行ってみると、ここはまだサラリーマンや学生がワイワイとごったがえして、ベンチに座ることすらできない。

こうなると町中は住所不定の者には不便だった。

あてもなく大通りから入った露地横に倉庫がふたつ建っていた。

二メートルくらいのその間に波型のビニールの屋根が渡してある。

どこかの会社の資材置場だろう。

足の裏は熱をもち、(なんでもいいから早く休ませてくれ)と上半身に訴えている。

ここで横になることに決めた。

ただしテントはめだつし、見つかった時に言いわけもしにくいので使わず、そばにあったダンボールの上にあたふたと寝袋だけひろげてころがりこんだ。

昼間の廃村の洗濯機は、今頃闇の中にじっと息を殺しているのだろうかと思いをめぐらしているうちに、じきに眠ってしまった。

現実の景色のリンカクからわずかにはみだした別の世界の方のにおいを、ぼくは一瞬かいだのかもしれなかった。

六月七日　伊那——奈良井

早朝四時五〇分に目がさめた。

風のあたった寝袋の足先が夜露に湿っていたが、なんとか寝られた。

まだ暗いし、もう一眠りしたいが、住宅地の中だ。

人に見つかる前に立去ることにした。

旅人の仁義として、ふつうに暮している人を驚かすのが一番嫌だ。

天竜川沿いに飯田をめざすつもりでここまで来たが、昨日の午後からの平坦なアスファルト歩きに心底うんざりしたので、方向を変え、権兵衛峠《ごんべえとうげ》越えのハイキングコースで木曾の奈良井に向かうことにした。

南北に伸びる伊那谷の中心から峠の登り口まで、権兵衛街道は一直線に西に上っていた。

早朝の濃い霧の中に水田と牧場が交互に現われる広い道は、北沢の集落でようやく終り、午前八時、待望の山道になった。

つぶした足の豆の下の新しい皮膚がまだ固まっていず、舗装路ではふわふわした歩き方しかできなかったが、ここからは地面を踏みしめる本来の歩き方ができた。

日が昇ると霧は消え、今日も真夏のような濃い青空が広がった。

山道は高い梢からこぼれる光線の一本一本がそのまま音を出しているかのような大変な蟬しぐれだった。

新緑の葉を通して降りそそぐ光が、沢の水を黄緑色に染めた。

光と影のまだら模様の下を、ほとばしる沢筋に沿って二時間登り、最後にヒョイヒョイまたいで越えられるほど水流が細くなった源頭から右手の林に取りついて、ほんの一登りでポンと峠に飛びだした。

息は荒くなったが、今回は自分の疲れぶりを客観的に見るゆとりが最後まであった。権兵衛峠は、名前から来る民話的なイメージと違って、芝生とシラカバの明るい峠だった。

日曜日なので、木曾側のすぐ下を通る車道に車を置いて上ってきた家族連れが、そこかしこのベンチに休んでいた。

ザックをおろして一息いれたら、ぼくのまわりにだけハエがいっせいに集まってきた。

出発以来、風呂には入っていないし、汗を吸っては乾き吸っては乾きしたシャツと体だから仕方ないが、きまり悪いのでそうそうに出発した。

木曾側はヘアピンカーブの車道を串刺しに突切る形で旧道が下っていた。

歩く人もなく草ぼうぼうの踏みあとを膝でかきわけかきわけ、お昼に菅平《すがだいら》の集落に着いた。

一面の白いマーガレットが、扇風機の「涼風」程度のちょうど良い風に揺れていた。

集落がでてきたので奈良井宿《ならいじゅく》はもう近いかと思ったら、それからずいぶん歩かされた。

いつのまにか沢は川になり、流れをとめて湖になった。ダム湖のようだ。見えるのは水面と伐採された茶色い山肌ばかりで、入りくんだ岸に忠実につけられたアスファルト道路を黙って歩くしかない。

アイロンをあてるような重い日射しは避けようもなかった。

後ろから小学生の遠足のバスがやってきた。

家もなにもない所を歩いていくぼくにびっくりしたのだろう、通り過ぎる時、子どもの一人が窓から顔をだしてどなった。

「がんばってくださーい」

ひょうきん者がいるらしい。

やつの顔をつぶしてはいけないと、こちらもすぐに手をふりかえした。

車内でどっと笑い声が起きた。

奈良井ダムの堰堤《えんてい》を過ぎ、またペタペタと下って最後に国道一九号線にぶちあたった。

峠から下り続けて四時間、川と道路の幅しかない深い地の底を、バスとトラックがひっきりなしに走り抜けていた。

三時半、木曾路観光の目玉、奈良井宿に入った。

人目につかない所にザックをおろして、すぐルンルンと散歩にでた。

疲れているつもりだったが、そうではなくぼくは「退屈していた」ようだ。

奈良井は中仙道の宿場町だから、家は一本道の両側に行儀よく並んでいた。

黒く細かい格子の入った家を一軒ずつのぞき、観光客の団体にまじって資料館に入った。

そのあと、越後屋という雰囲気のある店でラーメンを頼んだ。

横でザルを食べていた客がチラッとぼくの方を見たのは（そばが名物の木曾で、なにもラーメンを食べなくともよかろうに）という軽いあざけりだろう。

期待に応えてそばを頼んで、場全体の点景になりたいという気持はあるものの、なんとしても体が要求しているのはラーメンのこくと暖かさだった。

漆塗天目油滴研ぎだしの大きな座卓で、ラーメンを食べた。

お茶を飲んでいると、やはりぼくと同じような大きなザックをしょった大学生くらいの男が入ってきて、向かいに座った。

ぼくのザックに気づき、同類と見たか「どちらからですか?」と話しかけてきた。

若いのにえらく旅慣れたふうな口をききたがるのが、こちらの気持をざらつかせた。

適当に合槌をうって、じきに席をたった。

ぼくはこの旅に「人情」とか「ふれあい」を期待していない。

店をでたところで長瀞に電話した。

子どもたちは昼寝中だった。

真紀子は「起こそうか?」と言ったが、もちろんそれほどのことではない。

今日はけっこうお客さんが来ておもちゃがずいぶん売れたとのことで、またしばらくは食えるだろう。

明日みんなで東京の実家に行き、あさっては伊豆大島の友人宅に行くそうだ。

おなかもおちついたし、(暗くなる前に寝ぐらを探さなければ)と宿場から西に、鳥居峠《とりいとうげ》へ向かった。

山道を、六〇〇メートルも続く石畳が途切れたあたりで枝道に入り、テントを張った。

六月八日　奈良井——野麦峠

木曾路の夜明け前。強風で目がさめた。

昨日買ったソーセージと朴葉餅《ほおばもち》を朝食にし、昨日まで一週間着続けたTシャツをゴミ箱に捨てた。

これからはTシャツは洗濯せず、バーゲン品を週に一枚使い捨てにしよう。替えも余分に持っている必要はなく、大きな町を通った時に買えばいい。その方が結局得だ。こんな考え方は、ぼくの生き方の根っこにある「貧乏根性」とは相容れないはずなのに、「とにかく軽いのがなによりじゃないか」という肉体側の主張に、頭の側が折れた。

六時出発。ハイキングコースを四〇分で、鳥居峠に立った。

見晴台から真下に藪原の宿場町が見えた。

（やれやれ、登ったと思ったらまたすぐおりるのか）と一瞬思ったが、すぐにそれはこういう場合の決まり文句を思いだしたというようなもので、実はそんなに嫌がってもいない自分に気づいた。

体の中を回っている血は、すでに旅にでてから入れた栄養で作られたものだし、飲んだ水分はすぐに汗としてふきだすようになった。

足裏の豆のつぶれたあとには新しい肉がだいぶ盛りあがってきた。旅にでて一週間、先行する頭に少しずつ体の方が追いついてきたようだ。

石畳の道を下って藪原の町に入った。

鳥居峠は分水嶺で、町の中央を流れる川は今度は木曽川になった。

その川沿いを、境峠《さかいとうげ》めざして北西に歩きはじめた。

木曽路を濃尾平野《のうびへいや》にでていくよりも、境峠・野麦峠《のむぎとうげ》を越えて、まだ見ぬ飛騨《ひだ》高山《たかやま》に行ってみたくなったのだ。

高山へ行く道は他にもあるが、あの「野麦峠」の名にひかれてこのルートにした。

木曽は空が狭い。

川に並行して車道があり、横に家が一軒、その後ろに田んぼ一枚くらいの平地があるだけで、あとは左右から山が迫っていた。

藪原から車道を二時間歩いたところで、五月日という読めないバス停があった。

その前のよろず屋で夏みかんを買い、外で食べていたらバスがとまった。

ところがドアがあいても誰もおりてこない。

しばらくそのままで（あれっ）という感じでバスは去った。

ぼくのためにとまってくれたのだった。

そのせつない数秒をやり過ごし、みかんの種を横の草地に吐きちらしながら、またバスの行った方向に歩きだした。

バスの通る道はどうしても心を乱される。

乗ったら楽だし、料金だって安い。

（そこまで意地はって、この変化に乏しいアスファルト道を歩く理由なんてどこにもないじゃん）とも思う。

ただただ、「禁煙」の誓いがたった一本たばこを吸うことで崩れてしまうように、ここで一度でもバスに乗ってしまえば歯止めがきかなくなるかもしれないというこわさが、ぼくを支えていた。

細島《ほそじま》を過ぎて集落はなくなった。

高度が上り、川原の石も大きくなった。

今日も暑い日で、日射しからの逃げ場がない。

昼近く、ミズナラとシラカバの別荘地帯を過ぎて、境峠に立った。

入笠山ではるかに見た残雪の乗鞍岳《のりくらだけ》（三〇二六メートル）が、目の前にいきなり大きく高く現われた。

鷲が羽根をひろげた姿に似ていた。

ソーセージをかじって休憩し、今日ふたつめの峠を安曇野《あずみの》側に越えた。

めざす野麦峠は『女工哀史』にでてくる旧道がそのままハイキングコースとして整備されている。

その登山口に着いたのが四時過ぎ、予想より早いペースだった。

「峠まで一・五キロ」の立札があった。

（あと一息だ）と登りはじめたところで、パラパラッと雨が来た。

とうとう来た。六月というのに、今まで良い天気が続きすぎたのだ。

それならそれで今日はもう十分歩いたし、ズブぬれでみじめなことになる前にテントを張ってしまうことに決めた。

ところが平らな空き地が見つからない。グズグズもしていられないし（もうこの時間なら通る人もいないだろう）とわりきって、道のまんなかにテントを張った。

思いがけず早い時間に横になれると、足の裏は喜んだ。

寝袋の中で、今まで押さえつけられていた肉が、ゆっくりとふくらんで元に戻っていく感じが体の内側からわかった。

テントの中では友人たちにハガキを書いた。もう一年も会っていない人に、旅先という理由だけでどうして手紙が書けちゃうんだろう。ともあれ、こんなに遠くまで歩いたことを自慢めいて聞こえないようおさえておさえて書いた。

七時、突然雨が強まった。

大粒の雨滴を間断なく叩きつけられて、テントは大きくへこんだ。内側にたわんだテント地に寝袋がくっつくと、そこから水分が移ってくるので、身を縮めてじっとしていた。

バシャバシャという音と冷気以外にはなにもない真暗闇の世界で、ただただ浸水しませんようにと祈った。

夜中にトイレに行きたくなって目がさめた。

雨はあがっていた。

ふと、テントの入口の布一枚向こうに誰かが立っているような気がした。

さらに（そういえば道をふさぐようにテントを張ってしまった。もしや飛騨から諏訪《すわ》へ往来する女工の亡霊が外で見下しているのでは）と、とんでもないことを思いついてしまった。

しかもぼくの妄想の中の彼女たちはなぜか一様に巡礼の白装束なのだ。

どうにもこわくなって、テントからでられなくなった。

だが尿意はどうしようもない。

だいぶ時間をつぶしてから、そっと入口の布地をめくった。

目の前には誰の足もなかった。

ただ上の方で風だけがゴーゴー吹いていた。

寒いのに、汗をかいていた。

六月九日　野麦峠——高山

六時起床。くもり。空気がひんやりしている。

朴葉餅とソーセージで朝食。

テントもフライシートもびしょびしょだが、床は濡れなかった。

峠へは、高いクマザサに覆われた風通しの悪い道で始まった。

時折、上の方で風が吹くと、ササから昨夜の雨が落ちてきた。

露のついた手は、つかんだササの根の泥で真黒になった。

妙に滅入りながら、三〇分で車道の横切る峠に這いだした。

雲がたれこめて、目の前にあるはずの乗鞍岳はまったく見えない。

本で読んだとおりの「お助け茶屋」が、簡易宿泊所としてそのまま建っていた。

それなら昨日ここまで登ってしまえばよかった。

峠から少し飛驒側に下ったところに、映画「野麦峠」にもでてきた小さな地蔵堂があって、はるか下方に野麦の集落が見えた。あとは幾重にも重なった暗い山なみがどこまでも続いて、高山や古川の町がどの辺かは見当もつかない。

また、小雨が降りだした。

ここからは立木のないむきだしの急斜面だった。

ながめはいいが、風が吹くとそのまま谷底までもっていかれそうな危なっかしい道を、崩落箇所を慎重に避けながら下り、じきに野麦の集落に入った。

野麦は、道一列に数軒並ぶだけの小さな集落ではなく、縦横のある大きな村だった。統合されて今は無人となった木造校舎は二階建てで、かつてはさぞ賑やかだったろうと思えた。

「上ヶ洞《かみがぼら》まで12K、高山まで57K」の標識がでた。

隣の集落まででも一二キロの奥深い所だ。

今日、歩けるだけ歩いて、明日はなんとか高山の町に入りたい。

ここでとうとう、本降りになった。

渓谷に沿って崖の横につけられた林道を、傘をさしてただただ歩いた。

路肩にはガードレールがない。

対岸から突きだした岩根をめぐって、ヘアピンを切って流れる水が道の真下の崖をえぐり、凄絶な眺めがあるようだが、端に寄って覗く気にはとてもなれなかった。

郵便配達がバイクで上ってきて、しぶきをあげて行ってしまった。

今日初めて見る人影だ。

日本中どんなところでもどんな天気でも出会う。

当りまえだがすごいことだ。

雨はますます強くなり、もう折りたたみ傘は役に立たなくなった。

下からのハネでずぶぬれのズボンが足にまとわりつき、重い。

それから一時間半、頭をからっぽにしてなにもない林道を歩いた。

小さな橋を渡ったところで後ろから大型ダンプが来た。

やり過ごそうと路肩に寄って待っていると、大きな音をたててぼくの横にとまった。

「おい、なんでこんなとこ、歩いてんだ？」

「はあ」

「どこまで行くんだ？」

「上ヶ洞の方です」

「ひでえもんだ。乗せてってやるからあがんな」

いかつい顔の運転手は、奥の道路工事現場に重機を積んでいった帰りとのことだった。

雨に叩かれ、寒さにふるえあがったぼくには、富士見の時のような良心の痛みなどまったくなく、お礼もそこそこに助手席によじのぼった。

「あんた、ヒッチハイクしてるのかい?」

「いえ、あの、ぼくは歩いているだけで……」

「ふうん。車の方が楽だろう?」

「ええ。でも、あの、ぼくはヒッチハイクってあまり好きじゃないもんで……」

「どうして?」

「はあ、遊んでる人が働いてる人の車をとめるのって、なんか厚かましく思えて……」

「ハハ、そりゃいいや。よしよし、この車、高山の近くまで行くからな。上ヶ洞といわず、そこまで乗ってきな」

ハイカーとドライバーの双方がヒッチの良さを認める分にはなにも言うことはない。「どうせ助手席があいてるんだし……」とか「運転手だって話し相手ができた方が楽しいんだよ」とかの理屈もいくらでもある。でも、それをハイカーの側から言っていくのは、ぼくにはやはり身勝手に思えてしまうのだ。

ダンプはよほど慣れているのか、視界の悪い崖っぷちの道を減速せずに突っ走った。

やがて湖が現われ、上ヶ洞の集落がでてきた。

フロントガラス越しにハッピー劇場という建物が一瞬映った。

「あれはなんですか？」

「映画館。もう、つぶれちゃったけどね。ここもダム工事の頃は人があふれてたんだけど、今じゃゴーストタウンさ」

その大きなダムがでてきて、すぐ雨に隠れた。

そのあと何十キロか、いくつかの湖とダムが交互に現われ、世界はもう水びたしだ。

「しかし、こうやって人を拾うのは久しぶりだなあ」

「昔はもっといましたか？」

「いた、いた。あれ、みんな、どうしちゃったんだろうなあ？」

たぶん、みんなもう車を手に入れたのだ。

そして、今、ヒッチをしてもおかしくなさそうな若い人の旅は、まず車を手に入れるところから始まっているのだ。

何十回もカーブを曲り、谷も少しずつ広がってきた。

突然ダンプは左に寄ってとまった。

「さ、ここだよ。おりな」

「え、ここ？」

不意をつかれてとまどった。

なにもないところだ。

「うん、ここから北に向かって美女木峠《びじょぎとうげ》を越えりゃ、じきに高山だからな」

「はあ」

外はあいかわらずのどしゃ降りだ。

ヒーターのきいた車内でもう四〇分もゆったりしていた肉体ががっかりしているのがはっきりわかったが、もちろんそれを悲しめた道理はない。

濡れたシートをあわてて帽子でふいて飛びおりた。

ぼくが着地するかしないかのうちに、ダンプはまた発進した。

街道から右に入る道に「美女木峠をへて高山14K」とあった。

峠といってもすべて車道だし、四キロ一時間の計算で三時間半歩けば着くはずだ。

夕方には高山に入れるだろう。

よし、そしたら今日は宿に泊まって、冷えきった体に暖を与えてやろう。

なーに、毎日ケチケチ過ごしているものの、お金を持っていないわけじゃないのだ。傘をあきらめ、民家のひさしの下でポンチョをかぶりながら、夕方の自分の幸福を頭に描いて出発した。

とにかく自分が歩かない限り、話は進まない。

場面は変ろうとも、この原則だけは出発以来変らないのだ。

あいかわらずバケツをひっくりかえしたような雨が坂道を川となって流れ、足の甲まで水がかぶった。靴の中で靴下がグチョグチョと音をたて、指の間で水が泡立った。

峠には一時間で着いたが、休めば寒いのでそのまま歩いた。

杉林の中をジグザグに下り、田んぼや信号が現われ、最初はポツンポツンとしかなかった人家が次第に連なるようになって、なんとなく大きな町が近いのがわかってきた。

住宅街が商店街になり、アーケードの下をおしゃれな女性やスーツの男性が歩くようになって、四時ちょうど、とうとう高山駅前にでた。

まず民宿の手配をし、寒さにけいれんしそうな胃のためにコーヒーを流しこんだ。

靴下からは湯気があがり、歯はカタカタとふるえていた。

それでも（もう大丈夫だ。自分はくじけなかった）という快感がどこかにあった。

宿ではこの旅で初めての入浴をした。

日に焼けた襟足が熱いお湯にヒリヒリした。

それを我慢してあごまでどっぷりつかって目をつぶると、ここ数日の疲れが少しずつ湯の中に溶けだしていくようだ。

夕食後には雨もあがったので、宿のゲタを借りて散歩にでた。

ピカピカのイルミネーションが嬉しくて、パチンコ屋に入った。

あっという間に八〇〇円負けた。

そのあとも宿に帰ってしまうのがもったいなくて同じ通りを二度三度と往復し、戻ってからもあまりおもしろくないテレビを二時間ほど無理矢理見た。

この日、中部地方は梅雨入り。

大雨洪水警報がでて、飛騨ではお昼で授業をうちきる学校があいついだと、ニュースで知った。

六月一〇日　高山

六月に入って初めてのまとまった雨で数日来のムシムシが一掃され、今日は秋のようなさわやかな朝となった。

宿のおばさんも「これが本来の高山の気候なんですよ」と自慢気に言った。ここはあちこちの観光バスの運転手とガイドの定宿らしく、夕べの食事時は客の悪口が聞けておもしろかったが、みんな早だちしたらしい。

がらんとした食堂で一人で、名物の朴葉みそをのせたごはんを食べた。部屋中に吊した泥まみれのテントやポンチョも、うまく乾いた。

今日は旅にでて初めての休日とし、一日高山見物をすることにした。遊びといえば最初から最後まで遊びのつもりの旅なのに、それでも（さあ、今日は遊ぶ日だぞ）と思えば、なぜか改めて嬉しかった。

駅のコインロッカーにザックを放りこみ、普通の観光客に見えるように新しいTシャツに着替え、華やいで町にくりだした。

宮川沿いの朝市を冷やかし、三之町の古いつくりの家並みを、揃いの体操着や詰襟の修学旅行生にまじって歩いた。

盲格子の家はいかにも風情があるが、手入れが大変そうで、今の住宅思想の合理性とその宣伝攻撃を越えて（こういう家が本当にいいんだ）と自然に思えるようにならなければ、なかなか毎日を楽しくは暮せないだろう。

観光客相手の町だからしようがないという姿勢では、それは必ずどこかにしみだして旅人に見透されてしまうだろうし、何十軒もの家がトーンをあわせるためには内部では相応のストレスがたまってるんじゃないか——などと、素直に感動できずにどうしても評論めいたことを先に考えてしまう自分をもてあましつつ、資料館のひとつに入った。

豪壮な屋敷の中にたくさんの民具が展示してあった。

長く使用された家具や調度類は木が飴色に変ってますます冴えた風合いをだしていた。

けれども他の人のあとについて見てまわっているうちに、なんとなくイライラし、後悔している自分に気づいた。

中の展示物が不満なのではない。

そうではなく、考えてみれば民芸や骨とう品にとくに興味があるわけでもないのに、旅先で入場料を払って入る所があれば、なんか見せてくれるんだろうからとにかく入ろうという自分の無節操な観光精神がまたしても気になりだしたのだ。

そうは言っても一期一会でなにかにお目にかかれるかもしれないという期待だって少しはある。

（甘いよな）と知りつつ、次の資料館に向かった。

常識的な〈ぼく〉は、旅先の名所の中におもしろいことをさがす素振りだけでもしようじゃないか。それが観光ってものさと提案していた。

けれども〈彼〉の方は、その中にぼくを心底から喜ばせるなにかが待っているわけなどありっこないだろうと、最初から醒めていた。

その両方をあわせもって、ぼくの体は一所懸命、時間つぶしをするかのように表通り、裏通りを歩きまわった。

午後、バスで「飛騨の里」に行った。

高山の西の丘に、飛騨一帯のいろいろなつくりの民家を集中的に移築したところだ。

ここも団体客でいっぱいだった。

なんだかわからないが（繁盛している）という感じが嬉しくて、ハイな気分で見物できた。

でたあたりはみやげもの屋や一刀彫り、春慶塗りの店が門前町のように並んでいた。

そのうちの一軒、畳三枚分くらいしかない小さな店の板の間で、ぼくと同い年くらいのほおのこけた男が仏像を彫っていた。

ぼくが黙って見下している間、向こうも黙って仕事をしていた。

そのうち工程が一段落したようで、男が立ちあがって膝についた木屑をポンポンとはたいた。

とたんにふすまの向こうから「おとーさん、おしごとおわったあ?」という幼児の声がした。

男がふすまをあけた。

奥の小部屋で三歳くらいの男の子が畳にちょこんと正座して、一人で絵本のページをめくっているのが見えた。

母親がどこかにでかけていて退屈して、父親に遊んでもらいたいけれど「おとうさんはお仕事だから我慢しなくちゃ」と自分に言いきかせている――そんな感じだった。

「まだ。もう、ちょっと」とだけ言って、父親はふすまをゆっくりと閉めた。

閉まる直前に男の子とぼくの視線が一瞬あった。

丸い柔和な顔の子だった。

なんだかわからないが（幸せになってくれよな）と思った。

三時過ぎに高山駅前に戻った。

「出発前に昨夜のリターンマッチを」ともう一度パチンコ屋に行くと、今度は箱いっぱいにでて、四〇〇〇円の投資が六四〇〇〇円に化けた。

早めの夕食に焼肉定食を奮発した。

次の目的地、金沢に向けて出発する前に、真紀子たちのいる伊豆大島の友人の所に電話した。

朋子がでて「海で遊んだ」と喜んでいる。

朋子と話すと、ついこちらも幼児語で大声になる。

そのあと隆を電話口にだそうと真紀子が苦労しているのがわかったが、隆はごきげんななめらしく、「アー」とか「ウー」とかの声だけ聞いているうちにテレホンカードの数字がなくなりかけた。
「バイバーイ」とあわてでどなって受話器を置いた。
再びザックを背負うと、いつもの自分の体重に戻った気がした。
（さあ、また旅だ）とも（やれやれ、また旅か）とも思った。
繁華な町を背にするのはなんだか悲しいが、ともかくも国道を北に向けて歩きだした。
全然疲れていないので、いくらでも行けそうだが日没も迫っている。
二時間ほど歩いて、国道と宮川にはさまれて一段低くなった荒地にテントを張った。

■六月一一日～一五日
高山――天生峠――ブナオ峠――金沢――高岡

六月一一日　高山――天生峠

夕べはしょっちゅう目がさめた。

旅にでて五日目くらいからは、寝袋に入るとすぐ寝られるようになっていたので、久々に感じた長い夜だった。

六時出発。

国府《こくふ》から古川にかけて、谷はぼくがイメージしていた「飛騨」よりはるかに広い。

集落は東西の山裾にかたより、中央の平地は一面の田んぼで、車道はそのまんなかを一文字に貫いていた。

快晴、足どりも快調だ。

古川の町も高山同様、細い格子の入った古い家や土蔵があり、側溝には鯉が泳いでいた。

この町ではどこの家にも表札の横にいろいろな札がかかっていた。

「第三組班長」「第四組顧問」「交通安全協会班長」「土木委員相談役」「ひだ赤十字社社員」「子ども会育成委員」等々、一軒で四つも五つも札をかかげているところもあった。

それに混って「古川中学校生徒○山○子」「高山高等工業学校生徒○田○夫」といった札もかかっている。

学校名はゴム印で統一され、名前だけ書きこむようになっている木札だ。

そんなこといちいち世間に告知することもないのに。

町並みを抜けたところで、左に天生峠《あもうとうげ》への分岐がでた。

これを越えて白川郷《しらかわごう》に入ろう。

国道をそれると、ぐっと交通量が減った。

角川《かどかわ》の集落でまた分岐になり、峠路はもう後戻りがきかない。

天生峠まで地図上ではあと二〇キロ、最後まで車道だから迷うことはないだろうが、はたして今日中に着くかどうか、登れるだけ登って日没を迎えることになりそうだ。

川沿いの道を一時間ほど歩いたところで、小さな寺の門前にでた。

無人寺らしく、だいぶ草が伸びている。

お堂の正面の賽銭箱の横に腰をおろして、休んだ。

(あれ、ここは前に来たことがあるな)

不思議な実感が、ゆっくりこみあげてきた。

もちろん、それはありえなかった。

飛驒に来たのは生れて初めてだ。

でも、この境内の門の形、横にある石碑、後ろの植えこみには見覚えがある。

なにより、この縁側には長いこと座っていた記憶があった。

それもやはり夏の昼間、異様に暑く、白い、真昼間の静かな時間帯だ。

(なんでこんなことを感じちゃったんだろう?)

頭の中に湧いた「いつか遠い昔に見た光景」が消えないうちに、その光景を確認する作業をした。

漠然とした映像がこわれないようイメージし続けたまま、細部の一か所ずつにピントをあわせ、見えているものをことばに直して確認していくのだ。

映像の中には一人の子どもがいた。

半袖のベージュの開襟シャツ、胸には大毎オリオンズのワンポイントマーク、半ズボンで坊っちゃん刈りの子どもがお寺の縁側に腰かけて、無表情でなにかを見ていた。

まぎれもなく、子どもの頃のぼくだ。

ぼくの視線がとらえたはずの光景の中に、どうしてぼく自身が映っているのかはわからない。

だが、都会の子どもがポーンと田舎に連れて来られて自分のお坊っちゃんぶりをひそかに恥じているようなこの感じには、思いあたるものがあった。

ぼくの父の趣味は日本史にゆかりの古寺や城跡を訪ねて、関東一帯を歩くことだった。

同好のサークルに入っていた。

月に一度の定例会に、ぼくは父のお伴をおおせつかって、おにぎりをつめてもらったリュックをしょって時々参加した。

たいていは千葉や埼玉の田舎の寺で、子どもはいつもぼく一人だった。

ある時、住職がでてきて寺内を案内してくれたことがあった。

団体はそれに従ってゆっくり動いた。

子どものぼくにおもしろいわけがない。

父もわかっていて「ここで待っていろ」と言った。

それが賽銭箱の横だった。

どこのなんという寺だったか知らないが、おでこから湯気がでそうな暑い日だった。

そしてぼくはえらく長いこと一人で待たされたのだ。

（そうそう、そんなことがあったな。そのお寺とこのお寺が似てるってことなのかな）

なんとなく納得したようなしないような気分だが、とにかく歩きだした。

天生峠はまだまだ先なのだ。

三時に最奥の天生の集落に入り、そこから本格的な九十九折りの峠路になった。

ひとしきり登った頃、やたら道路脇に車がとまっているので変だと思ったら、崖崩れだった。

道路の中央に自動車くらいの大きさの岩がいくつも積み重なり、下の斜面まであふれていた。

車はもちろん自転車も通れない。

すでに復旧工事が始まっていて、ポッカリえぐれた崖の上方では命綱を張った作業員が数人、石や土をかき落としていた。

わけを話して通してもらい、難所を越して、また歩きだした。

車は通ってこないのだから安心して舗装道路のまんなかを歩けるが、そうなると逆に自分だけが人間界の上に放りだされたようなこわさもあった。

なにがあっても誰も助けにきてはくれないのだ。

思いだして、うるさいのでしまっておいた熊よけの鈴をまたザックにとりつけた。

天生の峠路は見渡すかぎり山また山で尾根と谷は細かく出入りし、沢は水をほとばしらせてほとんど滝の連続といっていい。

木にはツタがからみ、下草はその木を隠すほどに大きい。

ここは泉鏡花の『高野聖』の舞台だ。

確かに三ツ目入道や狼よりも雪女が似あいそうな、妖しい静けさのある峠だ。

六時二〇分。ようやく峠着。真赤に染った西の空に、今まさに白山の肩に沈もうとする太陽があった。

テントを張り、パンをかじるとさっさと寝袋にもぐりこんだ。

なんだかここは空気がなまめいていて、外にいたくなかった。

眠れないままにうつぶせになり、さっきのお寺でのことを考えた。

お寺の境内はどこも似たようなものだから、あれは他人の空似の類なのだろう。

呼び起こされた光景はなんということもない平板なものだ。

でも、なぜ、そんな光景が脳の底の方に今までしまってあったのだろう。

突然ひらめくものがあった。

もしかすると、そこでなにかがぼくの中に起きたんじゃないか。

真昼間の誰もいない境内で、子どものぼくはなにかを感じたのだ、きっと。

それは説明のしようもない不安感とか孤独感かもしれない。

あるいはなにかに目ざめたって感じだったのかもしれない。

とにかく「大人にとっては当りまえ」だが「子どもにとっては初めて」の感情にぼ

くはおそわれ、とまどったのだ。

たぶん、そうだ。

子どもから大人になるための一里塚が、あの光景の中にあった。

それがどんな感情だったのかは、わかりそうでわからない。

だが、その感じが今の自分にまでつながっていることは確かだった。

夜中。

（今日は朝まで目がさめませんように）と念じつつ横になったのに、なにかに顔をなでられたような気がして起きてしまった。

遠くで笛の音がした。

鳥の声に決まっているじゃないかと思いつつ、背筋が寒くなった。

六月一二日　天生峠――ブナオ峠

夜中に外にでてみたら、あまりに青く静かな月の光に（自分はこんな所でなにをしているんだ）という意識が高まり、放っておくと体中に毛がはえて自分が別のなにかに変ってしまいそうなほど、こわくて不思議な気持になったが、やはり朝は来た。

六時半、霧の中を出発した。

しばらくは平らな湿地帯が続いた。

すでに咲き終ったミズバショウの芯がポッンポッンと立っていた。

せせらぎがあり、小さな花が咲き、村のひとつふたつはすぐにできそうな奥行きがあって、とても雲の上にいるとは思えない。

昨日あれだけの坂を登ってきて、今この平和な光景に接していることが、なんとも奇妙だった。

目の前には、これから降りる谷を隔てて、加賀白山連峰が大きくあった。

名前の起こりどおりの豊かな残雪だった。

その右肩には白山スーパー林道がいなずま形に深く彫りこまれていた。

車で来れば自分も通ってみたくなるだろう身勝手を抜きにすれば、とても不調和で痛々しい傷だった。

突然、道は急に下りはじめた。

頂上の湿原の水を集めた沢筋は、道を離れて踊るような瀬の連続となり、左右の崖がつくる狭い廊下を抜け、最後に滝となって一気に落ちていった。

その高度差につきあう車道は大変で、右に左に際限なくカーブをくりかえし、こちらの尾根から向こう正面の尾根にとりついて迂回し、もう一度こちらの尾根の下部に戻るというとんでもない大まわりをしながら、なんとかつながっていた。

ようやく杉の植林帯に入り、白川郷に入ったのが下りくたびれた九時二〇分、下り一方の道でたっぷり三時間かかった。

振りかえれば天生峠は緑の峰の上方はるかかなたで、手近にえらく高く見えるのはただの前山に過ぎなかった。

白川郷めぐりは、パンを買ったよろず屋のおばさんの勧めに従って、まず北側の丘に登った。

見下すと縦に走る国道の左側、山裾までの平地に大小いくつもの合掌づくりの家が、思い思いの方角を向いて建っていた。

家と家をつなぐ道は直線も十字路もなく、どれもゆるやかな曲線と三叉路だけでできていて、この集落が時の権力や知恵者の意志でなく、長い間に周囲の自然と相談するような形でゆっくりと作られてきたと思わせた。

美しい不合理だった。

石に腰かけてパンをかじり、清冽な山里の光景にしばらく見入ってから、自らもその中の点のひとつとなるべく、坂を下った。

白川八幡神社の境内に「どぶろく会館」というすごい名前の建物があった。

ここの秋祭りが通称どぶろく祭りという酔っぱらい大会のようなお祭りだからで、入ると白く甘ずっぱいどぶろくを飲ませてくれた。

そもそも酒造法で素人は酒をつくってはいけないことになっている。

だが、ここの神社は法施行以前から神事としてどぶろくをつくっていたので、特例として国から酒づくりを許可されているのだそうだ。

あとからできた法律が前からあったものに「許可を与える」のも「えらそうに」と思う。

だが、ともあれ許可さえとってしまえばこっちのもので、誰でも飲めるのだからこれは良い話だ。

まず実物をみんなが飲めて、その上で考えたい人は考えればいいというスタイルも落ちついている。

ごく自然にそんなふうに感じられて、自分の処世術が、ストレートでしゃにむに押す若手投手のそれではすでになく、抜いた球も時には投げる技巧派に変ってきていることに、今さらながら気づいた。


昼時になって小さな食堂に入った。

大きなレストランが他にもあったが、ドライブインぽいところでおいしい食事をだしてくれるところにまだぶつかったことがないので避けたのだ。

ガラス戸をあけると誰もいなかった。

（ありゃ、この時間帯に客のいないような店じゃやめた方がいいかな）と一瞬ひるんだ時、カウンターの向こうのドアーがあいて、五歳くらいのおかっぱの女の子が顔をだした。

「あれ？　おとうさんかおかあさん、いる？」

女の子は黙ってうなずいた。

ジョーッとトイレの水が流れる音、バタンと戸が閉まる音が奥の方でして、女の子の後ろからおかあさんがでてきた。

それからぼくが親子丼を注文し、食べている間、女の子はなにをするでもなく調理台の横に立っていた。

食べ終って、丼と香物の皿をのせた一人用の角盆を、「ごちそうさま」とカウンターと調理場をしきる一段高いしきりにのせた。

それを受けとった母親は、ステンレスの流し台の角にお盆ごといったんおろした。

その時、なにを思ったのか女の子が流し台の内側を覗きこもうとした。

ところが背伸びするために手をかけた所には角盆がのっていた。

瞬間、丼と小皿は外側に落ちて大きな音をたてた。

ハッとするより早く、女の子が声をだした。

「だって知らなかったんだもん！」

すでに泣きそうだ。

母親も「あーっ」と大きな声をだして、割れた丼を拾ったが、ぼくがいることに気づいたのだろう、子どもをにらみつけると「あっちへ行ってなさい」と小声で叱りつけた。

女の子はしゃくりあげながらドアーの向こうに消えた。

母親はブツブツ一人言を言いながら、床を片づけはじめた。

この場ではぼくがいることがじゃまなのだとわかるので、そうそうに店をでた。なにか一言、あの子のために弁護してあげたかったが、そういう立場でもないのだ。「ほんとはこの店で食べなくてもよかったんだけど、最初にでてきたあの子と目があったから、この店で食べることにしたんですよ」と言ってみるのも変なものだし、感謝もされないだろう。女の子の一声がしばらく耳に残った。

ここからは北へ庄川《しょうがわ》沿いの旅になる。

深呼吸をし、「さあ、行こう」とつぶやいて、また歩きだした。

五分後、なんでもないところで右の足首をひねった。

しばらく足をひきずりながら歩いたが、痛みがとれず、鳩谷八幡神社の境内に座りこんで、大休止するはめになった。

境内には「神馬の尻もち岩」というまんなかがへこんだ大きな岩があった。

昔、神馬がうっかり空から落ちてこんな形のあとをつけたというのだが、どうしたらそんなことを考えつけるのか感心し、うさんくさいのが妙に嬉しくもあった。

そのあと、いきなり全長一八七三メートルの長いトンネルにでくわした。

中は一定間隔でオレンジ色の鈍い照明があるだけで暗く、とても立止る気にはなれない。

いつ壁から手がでてきて異次元にひきずりこまれるかわからない。

後ろから車が走ってくると、トンネル内全体が轟音でゆれ、風圧が高まって象に追いかけられているかのようだ。

通過に二三分かかった。

そのあとも長いトンネルがいくつか続き、合掌大橋を渡って富山県に入ったところから、今度は橋ばかりになった。

蛇行する庄川を貫くように七つの橋が次々にでてきて、渡るたびに川は右に左に入れかわった。

五時、赤尾《あかお》着。

トンネルと橋のおかげで道は一直線になり、距離こそはかどったものの、舗装道路はどうしても足に負担がかかって嫌な疲れ方をする。

ブナオ峠に上る土の林道に入ったとたんに、足が軽くなった。

山かげはすでに暗く、登ってしばらくのところでゴソゴソッと横の草地に入ってテントを張った。

（明日は金沢の街に行くんだ）と思うと、ときめくものがあった。

六月一三日　ブナオ峠——金沢

朝四時半に目がさめた。

まだ真暗だが（今日は行程が長い）と思い直して起きた。

頭の中にはすでに、金沢の街で大きな本屋を冷やかし、スーツ姿のサラリーマンやおしゃれな装いの女性にまじって通りを歩き、喫茶店でコーヒーをすする自分の姿があった。

地図を見るかぎり、今夜着けるか着けないか、ここは射程距離ぎりぎりのところだった。

登り少々でブナオ峠に着いた。

天生峠に比べれば、物たりないほど楽だった。

ただし、そこから刀利《とうり》ダムまでの一八キロの単調さにうんざりした。

とくになにもない山あいの道をテクテク歩いて着いた山上のダム湖では、水面の中央に立枯木の頭がひとつ、ポツンとでていた。

黒いシルエットは、小学生の頃、雑誌のグラビアで飽きずに眺めたネッシーの写真そっくりだった。

一周道路がないので、一時間半かけて湖のふちを四分の三周し、西側の丘を越えていよいよ金沢への下りとなったのは、もう昼過ぎだった。

発破作業中の工事現場を通してもらい、小さな集落をいくつか抜けるうちに、道路は広くなり、バス停もでてきた。

高山の時と同じ、町の中心に近づくための儀式のような段どりがいくつもあった。

下の方に平坦な田んぼが連なりだし、丘陵から金沢市郊外の住宅街におりると、あちこちに「金沢百万石まつり」のポスターが貼りだされていた。

日付はまさに今日と明日だ。うまいこととお祭りの日にぶつかったらしい。

（こりゃ、なにがなんでもたどり着かねばならん）

待望の商店街が現われ、兼六園《けんろくえん》の裏から香林坊《こうりんぼう》にでたのは夕方の五時過ぎだった。

中央の広場が金沢百万石祭りのメイン会場らしく、太鼓にみこしに揃いの青いハッピの子どもたちが集合して、大変な混みようだ。

背負ったリュックが他人にぶつからないように身をくねらせながら、えんえん続く露店の前を映画館に向かった。

うまいことに土曜の晩だし、オールナイトの映画館に（それも成人映画の）泊まろうと、朝の林道歩きの頃から考えていたのだ。

思ったとおり、にっかつがあった。

「桃色プッツン娘」だの「マル秘・団地妻」だのの看板がでている。

ポルノ映画がすごく好きなわけではないが、年に一回くらいはこっそり観ている。

そしてたいてい、画面と客席の両方からくるぬめっとした空気や体液のにおいにとちゅうで（なんでこんな映画に入っちゃったんだろう）といたたまれなくなって、でてしまう。

しかし、もちろん、暗い興奮はあるのだ。

（なんでこんな映画に入っちゃったんだ?）と自問するなら、その答えは氷山の一角として世間にでているぼくの体を、水面下で見えないぼくのある部分がぐっと押しやったからと言うしかない。

だがその衝動はちょうど地震のようなもので、一回エネルギーが抜けるとしばらくはなかった。

その衝動が今、来ていた。

（さあ、見るぞ）

ところがそのつもりで財布をとりだした時、横の電柱に貼ってあるポスターが目に入った。

「劇団北陸俳協公演・アンネの日記・六月一二日六時半・石川県文教会館」とあった。

（おもしろそうだな）と一瞬思った。とくに旅先では、いつでもどこでも見られる映画より、一期一会の芝居の方がありがたみがあった。

だが、爆笑喜劇やミュージカルなら無条件でそちらに切りかえるが、なにも「アンネの日記」などというストレートなものでなくてもいいとは思った。

頭の中ではすでにあやしげな映画の妄想がいっぱいにひろがり、女体が「おいでおいで」をしていた。

だからこの場合、芝居の広告もたまたま目に入ってはしまったけれど「あ、残念。昨日だったのかあ」とか「明日までは待てないなあ」とか舌打ちしながら立去れれば、「良心」の手前、一番良いパターンだった。

ところが期日はまさに今日で、開演はピタリ三〇分後だ。気づかなければそれでよかったのに、知ってしまえば仕方がない。不承不承、「良心」に従うことにした。

実は『アンネの日記』は中学か高校の頃、読んだ。正直、退屈した。ただ、一種の使命感というか正義感のようなもので読み通したのだと思う。あるいは有名な本だからとにかく読み、人に聞かれた時に「アンネの日記、もちろん読みました」と言えるようにという、武装としての読書だったかもしれない。

そういう記憶があるので（のりそこなうとまずいな）と思いつつ、客席に座った。おもしろくない芝居を「反戦劇だから仕方ないだろ」と押しつけられるのはいやだ。ザックを持ちこんだので、隣の席の人がびっくりしていた。とたんに、汗を吸いこんだぼくのシャツのにおいがまわりに迷惑をかけねばいいが、と、また不安になった。

客席は八分の入りだった。

始まってみると、鼻柱が強くて一方的な物の言い方をするアンネの過敏な感受性がおかしくて、おもしろかった。

好きになれないタイプだけれど、そういうぼくとの相違をこそアンネは主張しているわけで、その個性を見ずに、ただ「戦争の犠牲になった不幸な少女」という一律な見方はアンネの本意ではないのだろう。

芝居がはねたのが九時で、さすがにこのあと、さっきの映画館前に戻る気はなかった。

といって寝るにはまだ早い。

夜の都会の盛り場の浮遊を楽しむべく喫茶店に入った。

メニューに金箔コーヒーとあった。

(なんだかなあ)と思ったが、金沢が金箔工芸のメッカであると思い直し、恥ずかしいから小声で注文した。

なにかプカプカ浮いているコーヒーがでてきたが、味はわからなかった。五〇〇円もした。

泊まりは夕方のうちに通り沿いに見つけておいたオールナイトサウナの仮眠室だ。

高山以来、四日ぶりの風呂にどっぷりつかったあと、ビールを飲みながらプロ野球談義をする裸のサラリーマンたちにまじって、簡易ベッドに吸いこまれるように寝てしまった。

六月一四日　金沢

今日は高山に続く休日と決めた。

駅のコインロッカーにザックを預けて香林坊まで歩くと、どこもかしこも梅鉢の紋の幕が張りめぐらされて、百万石まつりのパレードが始まっていた。市の名士が扮する前田利家配下の諸将の行進を横目で見ながら、県立歴史博物館に入った。

おもしろい資料が展示してあった。

江戸時代に入って、金沢から江戸までの旅人の平均的な日程は一三泊一四日だそうだ。

その間の経費が一泊二食の宿代を四〇〇文として一三泊で五二〇〇文、諸費用（わらじ代・酒代・渡し代など）を二〇〇〇文として片道分の合計が七二〇〇文、これは現在のお金にして約一〇万八〇〇〇円とあった。

ぼくがまさに一三泊一四日で金沢に来たが、さすがにテントをしょっている分、往復してもこれよりは安くあげられそうだ。

明和七年（一七七〇年）に糸魚川宿で没した旅人・次兵衛さんの持物一覧表というパネルがあった。

『笠・木綿合羽・綿入羽織・道中差・脚半・白木綿股引・黒木綿帯・布子・胸当て・矢立・煙管・煙草・紙入・ちりめん小袋・お金、四両一分（うち小判二両）・印鑑・以上すべて一ケづつ。振りわけの中に衣類・綱・道中記・ふろしき・ずきん・てぬぐい・足袋・手形・以上』

パッと見て上手な旅人と思った。堅いものや重いものがない。

ぼくの今の荷物と比べてみた。

『ザックの中に寝袋・エアーマット・断熱マット・テント・ポール・フライシート・Tシャツ一枚・パンツ一枚・靴下二足・ジャージのズボン（寝る時用）・短パン一枚・長袖のネルのシャツ一枚・裏毛のトレーナー一枚・ペンシルライト・ポケットティッシュ・銀行のカード（二万円入）・テレホンカード・救急バンソウコウ二枚・ビニール袋一枚・中部地方の地図一枚・途中の道筋でもらったパンフレット・ポンチョ・折

りたたみ傘・ポリタン。腰のポシェットの中に鉛筆一・サインペン一・スケッチ用のミニカード数枚・腕時計・手帳』

その他に今着ているTシャツとジーパンと帽子がある。

旅の最初はぼくの方が荷物が多かったが、この二週間の体験でだいぶ追いついたようだ。

どうしたって旅を続けているうちに余分なものは落ち、シンプルにシンプルに、体と知恵と人間の誇りを守る最低限のものに落ちついていく。

旅とは、日常と異なる生活の中でさまざまなものを吸収する行為ではなく、むしろ逆に自分に不要なものを知り、それをそぎ落としていく行為なのだ。

歴史博物館に二時間もいたので、工芸館や兼六園の見学は見あわせることにした。欲ばっていくつも見て頭がごっちゃになるのは高山でこりた。

香林坊周辺の百万石パレードはまだまだ続いていた。

歩道の、車道に近い側半分はパレードを見る人間が立ちどまっているから、その後ろを抜けていくのは押しあいへしあいで大変だ。

突然向こう側から青い野球帽をかぶった小学生の男の子が必死の形相で飛びだして

きた。

「親とはぐれた」とか「落としものをした」とか、そういう顔だ。

やみくもに泣く年齢でもなく、といってなにかいい考えがあるわけでもないのだろう。

通りみちを作ってやろうと体をよじったが、タイミング悪く、ぼくのザックの横腹にその子の顔がぶつかった。

「大丈夫かい？」とあわてて声をかけたが、子どもはウンともスンとも言わず、こちらに一べつくれて走っていってしまった。

（やれやれ、かわいげがない）と苦笑いしたが、むこうはそれどころではないのだろう。

その子の顔には覚えがあった。だがどこで見たのか思いだせない。

しばらく歩いたところで、入笠山から高遠に下る途中で出会った三輪車の女の子に似ているんだと気がついた。

顔は全然違う。だが立ちのぼる雰囲気が同じだった。

めだった特徴のないのっぺりした表情、なにを考えているのかよくわからないそぶり、おどおどしているようで、それでいて相手が自分より劣っているとみればいじめにかかりそうな口もと、すなおなようで実は大人のように打算し、すきあらば自分を高く売りこもうとする目つき。

　こういう雰囲気の子がなにかを実行しようとする時、最大の障害は本人の人徳のなさだ。

　だが、そう気がつくまでにはまだまだ年月がいるし、もがかねばならない。

　そのての子どもの表情を一目見ただけで、どうしてそこまで言いきれてしまうのか、わけは自分でよくわかっていた。ぼくに似ている。声援をおくらずにはいられない。

　夕方、片町のパチンコ屋に入った。

　見事打ちどめにして臨時収入を得たので、小走りでもう一度、寺町の諸江屋に行き、落雁の詰合せを伊豆大島に送ってもらうことにした。

　きれいな菓子なので、今朝ウインドー越しに見つけた時、真紀子たちが世話になっている伊豆大島の友人宅に送りたいと思ったが、あとあとの予算も考えてさっきは買い控えてしまったのだ。

　その甲斐性のなさが自分で悲しかったが、これで大いばりだ。

　ついでに大島に電話しようかとも思ったが（いきなり品物が着いた方が向こうの感動

が大きいだろう）と読んで、これは数日、控えることにした。

そろそろあたりも暗くなってきた。

今から歩きだしても、テントをはれるほど人気《ひとけ》のないところまでは行けないだろう。

それならいっそ夜通し歩いてしまおうと、あっさり決めた。

夕飯をすませ、本屋で『高野聖』の文庫本を買った。

昔読んでうろ覚えだったのを天生峠で残念に思ったのだ。

夜一〇時過ぎ、駅に戻り、自動販売機のコーヒーをすすりながら、待合室で本を開いた。

あまり早く出発して、夜中にばててても困る。

通路をはさんだ向こう側のベンチには二メートルくらいありそうな白人が座っていた。

隣のベンチでは、髪にほこりをいっぱいつけた色黒のおばあさんがタバコを吸いながら大声で一人言を言い続けていた。

その後ろの赤電話では大学生くらいの神経質そうな男が、受話器の向こうの、おそらく彼女に、なにやら怒り続けていた。

そのままずっと誰も動かない。

二三時五五分発特急日本海三号青森行が静かに出発した。

六月一五日　金沢——高岡

一冊読み終ったのは夜中の二時だった。

「高野聖」のあやしさもさることながら、「歌行灯」の粋でせつなくて、トントントンと来てピタッとおさまる香気には、一〇年ぶりに読みなおしてもやはり身ぶるいした。

（もし、こんな文章が書けたなら、あとはなんにもいらないな）と余韻のままにフラフラと立ちあがってみれば、ここは桑名ではなく金沢駅の待合室で、ぼくは酔狂を究める旅の途中なのだった。

「さ、行こうか」と小さく声をだして、人通りの絶えた駅前広場にでた。

そうだ、「酔狂」っていうことばもあった。

もちろん、今読み終えた本の影響で思いだしたことばだが、ぼくの今回の旅はそんなふうにも見えるな。

旅の当初には〈この旅の目的はなんなのだろう。それを考えること自体が「自分はどう生きていったらいいのか」という疑問の答えと重なっていくんじゃないか〉ともいくらか思っていた。

もちろん今でも思ってはいるが、しかしそれは「石にすがりついてでもさがす」というようなものではなく、答えが見つからなくとも生きていけるには決まっていた。答えを書いた紙が道に落ちているわけはないし、しいて答えをだすならどこかでこじつけをしなければならないのかもしれない。

そういう予測をたてつつ、あえて誠実な答えを求めるふりをして旅をし続ける自分を形容するのに、酔狂ということばはぴったりだった。

だが待てよ、こんなことを考えてしまうこと自体が、なんとか現実的なところに自分を着地させて旅を適当に収束しようとする〈ぼく〉の思惑かもしれない。

「酔狂であること、人から酔狂人であると思われること」はなかなか魅力的だった。

もちろん罠の内側の話だ。

そう知りつつ、なお〈そうそう、酔狂ってことでもいいじゃん。とりあえず、そういう考え方で旅をしてる方が楽だよ〉と〈彼〉の方は言っていた。

　狐と狸のばかしあいのようだ。

　とりあえず富山の町をめざすことにして、浅野川を渡った。ざっと六〇キロの道のりだ。

　あかりといえば道端に点々とある自動販売機と交差点ごとの信号くらいだが、一直線の広い道なので途中でまちがえようはない。

　肌にちょうどいい風が吹いていた。

　月はおぼろながら、ほぼまんまるにふくらんでいる。

　旅の初日に荒川の川原で見た新月が、とうとうあんなになった。

　長瀞から西へ西へと歩いてきた道も、日本海にぶつかってはじめて北に向きを変えた。

　あの月がまた細くなる頃、長瀞に戻れるだろう。

　時折、車が通る以外はしんとした夜中の道をもくもくと歩いた。

　森本《もりもと》駅前のバス停のベンチで少し休んだ。

　赤信号でとまった車の女性ドライバーが、じっと座っているぼくを見つけて、はじかれたように口に手をやった。

夜中の三時に端然としてバスを待っている人を見れば、誰だってギョッとするだろう。

悪いことをした。

やがて金沢の生活圏を離れたらしく、道の両側に畑を見るようになった。

見上げる空が黒から濃い青に変った。夜と朝の境にあるようだ。

津幡《つばた》に入った。

空はどんどん明るくなっていく。今日はくもりらしい。

能登半島への道を左にわけた頃には通る車もヘッドライトを消し、五時には田んぼで働く人を見るようになった。

久しぶりに足の裏が痛くなってきた。

他にすることもなくスタスタ歩いたので、ついオーバーペースになったのだ。

また水豆になる予感がする。

道は加越県境の倶利伽羅峠《くりからとうげ》（二七七㍍）にかかった。

国道はトンネルで抜けるが、峠越えのハイキングコースがあるというのでそちらを行くことにした。

すでに二〜三〇〇メートルの登りはなんでもなく、それより足にやさしい土の道が恋しいし、木曾義仲の火牛の計で知られた倶利伽羅峠となればなおさらだった。ただしせっかく上まで登っても、七万人の平氏の兵で埋ったという南側の谷は霧でまったく見えなかった。

クモの巣だらけの山道を下り、一〇時に石動《いするぎ》の駅前にでた。ともあれ喫茶店のソファーの上ではだしになり、腫れて熱を持っている足の裏をマッサージした。

(悪かったよ、元気だしてくれよな。おまえが頼りなんだから)

だが使われすぎた足の裏はぐったりしたままだ。

それからしばらくして、テーブルにひろげたスポーツ新聞につっぷしたまま寝こんでいる自分に気がついた。

頭の計画についていけないのは足だけではなく体全体らしい。

連日ラジオの深夜放送を聞き、明け方まで手紙を書いていてもなんともなかった一〇代の頃と気持はそのままのつもりなのに、体の方はどうしようもなく年をとっていた。

今いる小矢部《おやべ》市は「メルヘンの町」がキャッチフレーズで、保育園・学校・公民館などの市の公共の建物がどれもバッキンガム宮殿とかタージマハールとかの外国の有名な建物を模して作られていた。

この大胆な構想を笑ったものか、もうひとひねりしてほめるものか、不意に張手をくらったようでとまどうが、それを見たがるぼくもぼくで足指の付根の腫れをかばってかかとから先に地面につくようにピョコタンピョコタンしながら、一番近い学校にでかけた。

赤茶の外壁の上に三角屋根の尖塔と大きな時計をつけた校舎は、なるほど写真で見るビッグベンそっくりだった。

ただ（この手の建物はモーテルだ）という先入観もあって、わかりきっていたことだが、感慨はわかなかった。

昼食をすませ、痛みを軽くするために靴下を三枚重ねてはいて駅前を離れた。

買物のおばさんにどんどん追い抜かれる超スローペースだ。

三時過ぎ、国道から東に砺波《となみ》平野を横切る広域農道に入った。

ところがこの一本道に入ってからトイレに行きたくなった。

しかも大の方だ。

不幸にも野辺山の時のようにどこまでもまっすぐな道が続き、両側は植えてまもない青田で道より低くなっている。

砺波は学校で地理の時間に「散村」の典型として習ったところで、家々は田のそこかしこにポツンポツンと浮島のようにあり、木はその屋敷森としてあるだけだ。

路上は歌舞伎座の花道のようにどこからも丸見えで、しかも車だけはよく通った。

しばらく我慢したがそれも限界があるし、ちっとも変らない前方の景色を見れば我慢してもなんにもならないようだ。

横の田んぼでおばあさんが一人、かがみこんで作業していた。

そのおばあさんが後ろをむき、車が前後にいなくなった瞬間に覚悟を決めて路上にしゃがみこんだ。

用をたしてズボンをあげたところで後ろから車がやってきた。

毎朝テントの横のしげみをトイレとしてきたから、尻を風にさらすのは慣れているが、さすがに今回はドキドキした。

自尊心の問題としていうなら、この旅で最大の危機だった。

農道とはいっても舗装なので、足裏への負担はきつく、とくに右足の裏は皮がむけたあとの赤肉に傷ができたようだ。

足が地にふれるたびに、その傷口を左右にひろげようとする圧力がかかって痛んだ。といって田んぼのまんなかの一本道で、（今日はもう終りにしてテントを張ろう）というスペースはどこにもない。

何時になろうともこの田園地獄を抜けださないかぎりは寝られない。

平地なのに一〇分ごとに荷をおろして休むペースに落ち、とぼとぼ歩いて六時ちょうどにようよう水田地帯を抜けだした。

突破に正味二時間半、かかった。

庄川にかかる長い橋を渡ったところで、下の川原におりてテントを張った。

久々に横になれる。

食事などどうでもいいからとにかく寝ようと、寝袋にもぐりこんだ。

■六月一六日〜二〇日
高岡——富山——神岡——上宝村——上高地

六月一六日　高岡——富山

さすがに疲れていたようだ。
夕べの七時半から今朝の六時半まで、一度も目をさまさずに眠り続けた。
起きあがると頭も体もゆるやかにほぐれていた。
今日もすきとおるような青空が頭上にあった。
いつまでたっても梅雨らしくならない不思議な六月だ。

元気に橋の下を出発。

太閤山《たいこうやま》の団地に入り、黒河《くろかわ》の竹林を過ぎ、呉羽《くれは》の梨畑を抜け、峠茶屋という名前だけ時代劇ふうで実は大渋滞の坂を乗越すと、眼下に富山市のビル街がひろがった。

市電のレールに沿って歩いて、昼過ぎに富山駅前に着いた。

富山に住む友人の早川さんの家に泊めてもらえるよう、昨日電話で頼んでおいたので、今日はこれ以上先に進む必要がない。

午後は町中の散歩で過ごすことにして、ザックをコインロッカーに放りこみ、バスで県立近代美術館に向かった。

ここは、死んで時がたち評価が定まった画家よりも、今も現役で活躍中の第一線作家の前衛的な作品を大胆に取りいれているというので、前から訪ねたいと思っていたところだ。

もちろん、こんな形で立寄ることになろうとは夢にも思わなかったが、ともあれ自然も都会も当るを幸いズシンズシン乗りこえていく今回の旅の道筋に入ってきたのだから、つまみ食いしていくことにした。シーガルのスーパーリアルで実物そっくりの石こう像、目がチラチラしてくるライリーの絵、ウォーホールの「マリリン・モンロー」など、ぼくの好きな遊園地感覚の作品がいくつもあった。

見ていると、絵は「ゲージツゲージツ」と崇拝するものでなく、絵具とカンバスという素材で表現するおもちゃみたいなもので、作者自身がおもしろがっている感じが伝わってくる作品ほど、こちらもワクワクさせられると思えた。

しかし、そう分析しつつ、別の意味でがっかりもしていた。

そういう評論めいた視線というのは、もともとぼくの得意とするところだ。

これで二週間以上、ほこりまみれになって歩いてきた時間が、ぼくをもっと改造してくれているのではないかと期待していたのに、ちっとも変っていない。

ぼくがこうなりたいと思うのは、事物に触れた時、その本質を鋭く射ぬく見者のような自分ではなく、ただただ感動して泣いたり笑ったりする無垢な精神を持った自分なのかもしれない。

だから、時にそういう天真爛漫で疑うことを知らない人に出会うと、蔑視と憧憬の入りまじった複雑な気持におそわれてしまう。

だが自分はそうは生きられない。

妙な観察癖と分析癖のために、子どもの頃から時に友だちをなくし、損もしてきたけれど、また、その癖のおかげでここまで、ぼくはぼくなりの世界観を持ち、自分の仕事や生活を作りだしてこれたのもまちがいない。

そのことはもうわかりきっていてがっかりすることではないのに、まだ物事にすなおに感動できない自分が呪わしくなってしまうことがある。

「ほんの二週間、旅にでて少々自分の暮しぶりを変えてみたところで、そう簡単に自分そのものが変るわけがないじゃないか」——肩をすくめて、そうつぶやくしかなかった。


美術館をゆっくりひとまわりしてから賑やかな総曲輪《そうがわ》通りに出た。

入るのは本屋くらいしかないが、繁華街をブラブラ歩くのはなんとも好きだ。

これは子どもの頃から変らない。

好きなのはいつでも、実体でなくその雰囲気の方だ。

白壁の喫茶店でコーヒーを飲んだ。

斜めまえのボックスに高校生くらいの男女が座っていた。

ぼくからは後ろ姿が見える男の方は、ほおづえをついてなにやら小声でつぶやいている。

女の方は両のこぶしを膝の上に揃えて、下を向いている。涙ぐんでいた。

聞いては悪いのだろうが、他にすることもないし、つい耳が長くなった。どうやら男の方がやたらと小むずかしい理屈を言うタイプなのでグループの他の友人たちから孤立しがちになるのを、彼女が諌めているという構図らしい。男はやたらと「そうじゃないってば」を連発し、むきになってとうとうしゃべっていたが、一方的な断定が多くて、聞けたものではなかった。

腹がたつよりも、なんだか悲しかった。

そういう話が三〇分ほども続き、時おり男の指がおっかなびっくり伸びて、彼女の腕にちょっとさわってひっこんだりしている。

そのうち彼女の方にも笑顔がでてきた。

テーブルに乗りだして彼のひたいを指で押しあげたりしている。

しまいに二人とも笑いあい、会計の時、女の子が財布ごと男の子に渡した。

もう、男の方が気ばっておごる時代は、この二人には過ぎたのだろう。

前のボックスではOLふうの女性が一人で文庫本を読んでいた。なんとなく雑談ができれば楽しいのだが、声をかければどうしたってナンパと思われるだろうし、そんな勇気はなかった。

夕方、富山駅から一駅だけJRに乗った。

約束の時間、改札口に早川さんはまだいなかったので、待合室のベンチで休んだ。

同じベンチの反対側のはしには、二歳くらいの男の子とそのおかあさんが座っていた。

「おとうさん、来なかったねえ」

「オトーサン、コナカッタネー」

この母子はふと思いたって、夕方の散歩かたがた駅まで父親を迎えにきたらしい。けれども父親は、ぼくが乗ってきた電車からはおりてこず、母親の演出はからぶりに終ったようだ。

次の電車まではまだしばらく時間があった。

「帰ろうか」

「カエローカ」

おうむがえしに答える子どもの手をひいて、母親は夕焼け空の方角に帰っていった。入れちがいに「遅れてごめん」と早川さんが来てくれた。

再会を祝し、その晩は早川家の二階でさしで飲んだ。ビールもさることながら、ふつうの家庭料理が嬉しかった。旅にでて以来はじめて、思いきり笑い、しゃべった。早川さんはここまでのぼくの道筋をきいて笑った。

長瀞を出発点に信州・飛驒の峠をいくつも越えてきたといえばかっこうはいいが、よく見れば全部、清里・木曾・高山・金沢と若い女性好みの観光地を結んでいた。

相手の笑いにあわせて、ぼくも自分のミーハーぶりを笑った。

夜中の一二時過ぎ、用意してくれたフカフカのふとんの上で幸福な眠りについた。人間同士のつきあいはいい。時に、しみじみいい。

でも、とりあえず誰にもしばられない自由な旅を始めた今、そこから見えてくるものがなんなのか確かめずにはいられないだろうな、ぼくは、と思った。

六月一七日　富山——神岡

朝、再び富山駅前に立って、(さて、これからどこへ歩こうか)と考えた。自分で心に課した〈あらゆる事象・人情からの一ヶ月の自由期間〉も半分を過ぎた。いまだになにもつかんではいないが、地理的にも時間的にも今日あたりから帰り道を意識しなければならない。

そのつもりで地図をひろげると、長瀞への直線コースは北アルプスにさえぎられていた。

強引に越えていくなら、まず立山連峰に登って黒部川に下り、もう一度、後立山連峰に登って安曇野に出るというコースだが、これだともう少しちゃんとした山仕度が欲しいし、それよりも雪がふんだんに残る山肌を眼前にすると(やっぱり、ちょっとパスしとこうな)と弱気の虫が起きてくる。

それ以外のルートは二本あって、ここで選択したら、修正はきかない。

ひとつは東に日本海沿いに進む道だ。

国道八号線を魚津《うおづ》・黒部《くろべ》・親不知《おやしらず》と歩いて糸魚川にでて、そこから南下して白馬《しろうま》・大町《おおまち》・松本と塩街道を行く道と、さらに海沿いに直江津《なおえつ》まで歩いてから善光寺平《ぜんこうじだいら》にでていく道とがある。

もうひとつは富山から神通川《じんつうがわ》に沿ってまっすぐ南下し、神岡《かみおか》を経由してどこかの峠から松本にでていくルートだ。

最初は海沿いのコースを行こうと思った。

ここまで山ばかりだったし、まだこの旅で海を見ていない。

大きな港や静かな漁村、磯や砂浜を行けば変化に富んでいいような気がする。

すべての旅が終った時点でのルートマップを頭に描いた時、海コースをとった方が中が大きくふくらんでたくさん歩いた気にもなれそうだ。

もちろんそれは自分をだますことでしかないが、月日がたつうちには〈仕組んだ自分〉という都合の悪い方は忘れて、単純に「どうだい、おれはこんなにたくさん歩いたんだぜ」と自慢する自分になっているというあたりまでは、今から予測できた。

問題は、糸魚川まで約一〇〇キロ、国道のアスファルトの一本道をつめる三日間というプランを足の方が渋っていることだった。

いったん歩きだせば途中に逃げ道はない。なにがあろうとも一〇〇キロ、体を運ばなければならないし、これは砺波の広域農道の比ではない。

その点、後のルートの方は山あいだけに土の道が期待できた。また、行きのコースと峠ひとつ隔てただけの隣の沢筋を戻っていくだけに折りかえし点が明確になる。〈行って帰ってくるだけ〉という今回の旅の趣旨からいって、ここからは帰路であると自分の中ではっきりさせた方がいいような気がした。

漫然と歩くよりも、旅にでる前のキリッとした動機をもう一度自分の前にぶらさげて、「旅でなにかを得たいといっても、時間も距離も無限ではないよ」と自分に一鞭くれた方がいいとも思った。

そんなこんなで、足の主張に頭が妥協する形で南下コースに決めた。その前に富山港にでも行ってみようかと思ったが、別に心の底から海を見たいわけではないし、「海を見に旅にでたのさ、フッフッ」ではあまりにキザで安っぽく、この考えは一瞬で捨てた。

これでこの旅では一度も海を見ないことになった。

一〇時ちょうど、駅前からビルの立並ぶ大通りをまっすぐ南に向けて出発した。

さあ、帰り道だ。

繁華街を過ぎ、旧市街を抜けると、道の両側は駐車場つきのパチンコ屋、靴の卸売センター、本屋、中古車センター、ファミリーレストラン等が交互に現われて、典型的な都市の郊外の様相を呈してきた。

背景の立山連峰がないかぎり、ここが富山とはわからない無国籍な風景だった。

歩きはじめて三時間、前方の山がずいぶん近くなり、富山平野ももうすぐ終りということがわかる。

周囲は田んぼばかりになった。

突然ポツンと一軒、プレハブの小屋が道横にでてきた。

壁にピンクのペンキで豚の絵が描いてある。

リサイクルショップだった。

休息かたがた寄ってみると、六畳ほどのスペースにおきまりのせっけんのつめあわせやシーツの箱が手書きの値札付きで並べてあった。

入ってきたぼくを見て、奥にいた女の人があわてて立ちあがり、後ろの棚のラジカセのスイッチを入れた。

とってつけたようなレゲエの曲が流れた。

涼しげな目をして、清純派女優でやっていけそうな正統派の美人だった。

そんな人と二人きりで狭い室内にいる。一気に脈拍があがった。

心中のときめきを見破られてはならじと、無精ひげを隠すように口のまわりをなでまわしながら、商品を見るついでに何度も盗み見た。

といっていつまでもここにいるわけにはいかないし、旅先のことで不用のものを買うわけにもいかない。どぎまぎしながら大股で外にでた。

そのスピードに驚いて「ありがとうございます」を言いそこなった彼女の「あ……」ということばのかすれ具合が、しばらく耳に残った。

でてみれば、あいかわらず田んぼの昼下がりだ。

長い長い直線道路をうつむきながら、また歩きだした。大げさにいえば不覚だった。「自分は女好きか」「面食いか」と問うてみれば、これはどちらも「ふつう」という答えでいいのだと思う。

世間の男並みに女は好きだし、もてたらいいとは思うが、だからといって膨大な金をそそぎこんだり、犯罪に走ったりするほど大好きではない。恋愛抜きの性体験もない。

二〇歳で知りあった妻と二三歳で結婚して一〇年、引越しも職替えもあったが仲よくやってきている。それでもこんなささいなことでぼくはどぎまぎしてしまう。

きれいな女性にひかれる気持だけならむりやり否定する必要もないが、そのすぐ後ろにある欲求の方はひねくれていた。

たぶん、ぼくは「どこかの女性を求めている」のではなく「どこかの女性と恋愛関係におちることで生ずる緊張感とか陶酔感・充足感の方を求めている」のだ。

それはこういう旅に自分がでたことからも実証できた。

未知の土地に足を踏みいれて見聞をひろめるなどというのはまったくのタテマエで、今まさに旅の空気を吸っているということそのものが、ぼくにとって溢れるほど嬉しかった。

旅と恋愛に共通項があるとすれば、おそらくそこに冒険の要素があること、危険がはらむこと、先が見えないことだ。

危険を承知でひきつけられるのでなく、危険だからこそひきつけられるのだ。

自分でも持てあます心理だった。

直線道路は笹津《ささつ》の集落にぶつかってやっと終った。

北陸に多いピカピカの黒い瓦屋根があちこちに見えた。

そこから急に、深い緑色の水を盛りあがらせた神通川に沿った谷あいの道となった。

ほとんど流れのない水面が暑さをよけい感じさせた。

汗だくだった。

猪谷《いのたに》の集落に着いたのが午後六時。

富山・岐阜の県境、新国境橋《しんこっきょうばし》のたもとにテントを張った。

六月一八日　神岡――上宝村

早朝、小きざみに鳴るサイレンで起こされた。

上流のダムの放流の合図らしく、目の前の川の水がみるみる増えていった。

七時出発。

この橋から行政上は岐阜県神岡町だが、町の中心まではまだ二〇キロもある。

深い緑の谷あいの道を右の山裾、左の山裾と交互に巻きながら歩いて、市街地が見えてきたのはもう昼近かった。

道路は川よりもはるかに高いところを通り、最後に坂をおりて町に入るので、川上に向かって歩いてきたとはいっても、実際には盆地におりるようだ。

神岡製錬所の煙が立ちのぼり、貨車がしょっちゅう出入りしていた。

神岡という地名は、ずいぶん昔、イタイイタイ病の名とともに覚えた。

イタイイタイ病の発生は神通川のもっと下流の町だが、その因を作ったのは、神岡の三井金属の鉛・亜鉛の製錬所だ。

七〇年代冒頭、大学生だったぼくは森永ヒソミルク中毒事件にかかわり、連日大学の正門前で森永糾弾のビラをまいていた。

この頃、水俣病やスモン・サリドマイド等の問題にとりくんでいる仲間は「友軍」という定義づけでたがいに情報をやりとりするネットワークがあったので、イタイイタイ病についても一通りの事情は知っていた。

数ある公害訴訟の中でイタイイタイ病はもっとも早く裁判が終了した。だが同時に支援運動もなくなってしまったのか、その後の情報がまったく入らなくなった。

それで（その後、被害者はどうなったのだろう）と、時々無責任に思いだしては気になっていた。

今日初めてその地に足を踏みいれて何を画策しようというのでもないが、（とうとう来たぞ）という感慨が少しだけあった。

町の高台にある鉱石資料館に入った。

中にはさまざまな金属の原石、その製錬過程の説明と模型、鉱山を開発してから四〇〇年の間に使われてきた用具などが、整然と陳列されていた。

だが、イタイイタイ病のことはなにもでていなかった。

外にでると、前の広場でハンチングをかぶったおじいさんが日なたぼっこをしていた。

警戒されぬよう、フラッと立寄った観光客のすっとぼけた質問であるというイメージを強調しつつ、「イタイイタイ病はその後、どうなったのでしょうか？」と尋ねてみた。

「さあねえ、とにかく裁判でクロになったんだから表向きはなにも言えないんだけどね、変なんだよね、イタイイタイ病っていうのは富山県の婦中《ふちゅう》町の年配の女ばかりに起きてるんだよねえ。同じ水を飲んでたわれわれや他の地域の人にはなにも起きてないんだよねえ」

聞きようによっては「あれは集団詐欺だったのではないか」ともとれる言い方だった。

あちこちで四人、おずおずと同じ質問をしたが、みな似たような返事だった。

それも、こんな質問をされればみな（そのことには触れてくれるな）と暗い表情をするかと思っていたのに、むしろニコニコしながら（よくぞ尋ねてくれました）という感じで答えてくれるのだ。

もちろんここは鉱山とともにある企業城下町だから、話はいくらか割引いて聞かねばならない。

親戚に鉱山関係者がいる人も多いし、鉱山は無実とむりやりにも信じたいだろう。

そうでもなければ毎日うまい酒が飲めないし、長い歳月のうちにはその自己欺瞞が「真実」にすりかわっていくことも考えられた。

（ふーん、そういうものかなあ）

わかったようなわからないような気持だった。

神岡を出たのは三時過ぎになった。

昼を食べた食堂のチラつきのひどいテレビによると、台湾にある熱帯低気圧が日本に接近中で、鹿児島の明日の雨の確率は九〇パーセントだ。

となると、こちらも明後日には台風に近い雨になるかもしれない。

それまでは漠然と、今日は神岡のはずれにテントを張り、明日は奥飛驒温泉郷の露天風呂でゆっくりし、明後日は焼岳《やけだけ》と西穂《にしほ》高岳《たかだけ》の間の稜線を乗越して上高地《かみこうち》に入ろうと日程を計算していた。

だが大雨の中で北アルプスの亜高山帯を一人で歩く気にはなれない。となると麓で中途はんぱに足踏みしなければならないし、それも一日ではすまないかもしれない。

かくなる上は、今日歩けるだけ歩いてなんとか明日中に上高地に入ってしまおうと決めた。

神岡から上宝村《かみたからむら》に入り、迷いようのない車道をテクテクと歩いた。

また足の裏が腫れてこないかとハラハラしたが、気をつかっているうちは足の方も機嫌がいいらしい。大丈夫そうだ。

上流に向かっているのに谷は午前中よりむしろ広くなり、明るくなった。

左側は砂利や砂の浅い川原が続き、どこにでもテントを張れそうだ。

時々現われるバス停を一里塚として（もう少し、もう少し）と歩き続けた。

そこここの田んぼに見かけた人もだんだんにいなくなり、かわりにポツンポツンと星がでてきた。

それを見ながら上下一面の濃い青の中を歩いていたら、急に涙が流れだした。

誰が見ているわけでもないので、そのままふかずに歩いた。

涙のわけはなんとなくわかっていた。

たとえばさっきの神岡で会ったおじいさんにぼくはこう答えることができる。

「『因果関係が不明だ』という企業の逃げ口上にはもううんざりだ。イタイイタイ病はもちろんあったし、ここの鉱山に関係あった。とにかく『痛い痛い』という人の痛みに寄りそうことが最優先で、仮に一〇〇〇人に一人、詐欺師がいたとてだまされればいいだけだ」と。

だがそんな元気のいい口先の理屈になんの意味があるのだろう。

ぼくもまた、イタイイタイ病判決の数年後には伊豆の島に保父として渡り、それを機に森永ヒソミルク事件の運動とスッパリ切れてしまったのだ。

昔、ちょっとシンパシーを感じていたというだけのことが、今、なんの免罪符になるわけもない。

今日、神岡を訪ねたことは古くからの知人には言わずにおこうと思った。

へたに披露して「杉山はえらい。みんなが忘れかけたイタイイタイ病にまだ関心を持っている」などととられてはいけない。

警戒していないと、自己演出にたけた〈ぼく〉はそれくらいは平気でやるだろう。罪深い。

そしてまた、もっと根源的な疑問が持ちあがってきた。

あの頃のぼくはどこまで本気で闘っていたのだろう。

ヒソミルク事件は関西を中心に起きたので、運動の本拠地は岡山にあった。文無し大学生だったぼくは、検札をごまかしては何度となく岡山に通った。「森永不買マッチ」なるものを作って、日本中に売りまくり、活動の資金を集めた。けっこう忙しかった。

でも、と思う。

もしかしたら、ぼくは権力と闘っているという幻想に陶酔したかっただけなんじゃないか、安定した自分の生活にイライラして、小説の主人公になるべく闘争に突っこんでいったんじゃないか。

昔からうすうす気づいていたことだが、ぼくはいつも燃えきっていなかった。

ただ燃えるふりをいつもして、何人かの友人を運動にひっぱりこんだ。

そうなんだろうか――歩きながら、ぼくは首を何度も横にふった。

もちろん、そこそこの正義感はあったのだ。

それは確かだ。でも――今、起きてきた感情もまた否定しがたい。

第一、その自分の正義感というものをどこかでうさんくさく思い、よぶんなことは考えないよう、あえて忙しくたちまわっていた記憶もある。

（落ちつけ、落ちつけ。誰だってそういう感情もまた持ちあわせつつ運動を担うわけで、要はバランスだ。ざんげするほどのことじゃないんだぞ）と、ここ数年なにかにつけて持ちだす「バランス説」をとりだした。

（そう、それはそうなんだけど――旅も恋愛も闘争も、どれもこれもぼくが自分を燃えたたせるべく自分で放りこんだ舞台にすぎないんだろうか。その中でぼくはぼくを演じてきたということなんだろうか）という思いはぼくにとりついて離してくれなかった。

ぼくはなにかにあやまらなければいけない。なににだかわからない。だがなにかにあやまらなければいけない――そんな気持が、今流れている涙の原因だった。

歩けるだけ歩いて、結局八時半頃、ポツンと道脇に現われた自動販売機の横の狭い空地にテントを張って、ゴソゴソともぐりこんだ。

六月一九日　上宝村――上高地

やはり車道の横はよくない。

ときおり通るダンプカーの風圧でテントがひしゃげ、ちょくちょく目をさまされた。

ペンライトで時計を見ると朝の四時二〇分。

谷あいの道はまだまっくらだが、今日は後半に山登りも控えているし「エイヤッ」と起きた。

川沿いにえんえん歩いて奥飛騨温泉郷の栃尾に着いたのが一〇時。

露天風呂の看板はあったが（また、いつか）と通過した。

小さな坂を登ったところで穂高の大景が現われ、槍ヶ岳も見えてきた。

そばに人がいれば「ほら、槍が見える。槍が見える」ととにかく大騒ぎするところだが、いつもながらの一人旅で、深呼吸ひとつでまた歩きだした。

中尾温泉から右に川を渡って、焼岳に向かう道となった。

正午だった。

今から山登りができるかどうか、ここで決定しなければならない。

天気の崩れと日没と、両方を相手の競争だから、奥秩父の時のように途中でバテるとそうとう危ない。

無理と思えば、今日はもうおしまいにして、山越えは潔く明日に持ちこすべきなのだ。

朝から歩きづめで、腿はだいぶ張っていた。

だが足の裏は大丈夫そうだ。

ソーセージをかじりながらちょっと考え、行くことにした。

樹林帯の中の登山道は、砂防ダムの工事用につけられた林道を何度か横切りながら、ぐんぐん高度を上げていった。

日本画ふうの「白水の滝」を遠くに見、さらにトウヒやコメツガの間を登っていくうちに、下に生えたクマザサは減り、後ろの樹間から大柄な笠《かさ》ヶ岳《だけ》（二八九七《メートル》）がせりあがってきた。

野麦峠以来、久々の本格的な山登りで息ははずむが快調だ。

長瀞をでた時と違って、飲んだ水はそのまま汗になるし、おなかもへこんだ。旅の初めにはわけのわからぬままにいきなり酷使されて音《ね》をあげていた体も、ようやく（どうやらそういうことらしい）と態勢をたてなおして、精神の方に同調してくれるようになってくれた。

今日の二〇分歩いて五分休むペースは、奥秩父の時と違って（気持いい山道だし、どんどん行っちゃうのはもったいないから、止まって景色を見ていこう）という余裕からくるものだ。

それはまた（大丈夫。ここで時間を使っても、今日は夕方までに上高地に着ける）という自分の体への確信だった。

旅にでて一九日め。ぼくは自分の体を自分のものとして装着しなおせた。

「峠まで一キロ」の標示がでた。

突っ立った枯木が増え、周囲の様相も高山ふうになってきた。

苔のついた岩にはピンクのつりがねのようなイワカガミの花が、真横に突きだして咲いていた。

突然、丸太の鳥居が現われた。

秀綱神社《ひでつなじんじゃ》とあった。

その横に遭難者捜索依頼の掲示板が、木に針金でまきつけてあった。

こういうところで顔写真を見せられるのはあまり気持良くないが、字を見るとにかく読んでしまう習性で目がいった。

「みなさまへおねがい
昭和60年10月24日午前9時頃、焼岳小屋を単独で西穂山荘に向って出発し、上高地へ下山の予定であった女性（53歳）が、焼岳小屋以後の消息が絶えて現在に至っています。

当日から数日の大捜索にもかかわらず、現在までなんの手掛りもございません。

みなさまお楽しみの入山中、誠に申訳ございませんが、万一下記のような不自然な物品を発見されましたら、御連絡をお願い申上げる次第でございます。

手袋　雨具　リュックサック　衣類　ミカンの皮などの不自然な捨て物」

そのあとに連絡先の男性の名と、自宅と会社の電話番号がのっていた。

山道にリュックサックが捨ててあれば、ぼくとて変だなと思う。

だが、ミカンの皮が捨ててあっても（ここで誰か休んだな）と思うだけで、別に不自然には感じない。

それに不自然さを感じろという、襟をつかんでひきずりこむような強引なお願いを、この夫だか息子だかはやっているのだ。

行方不明になってからもう何回か冬を越しているにもかかわらず、この看板はつい最近つけかえられたようでまだピカピカだ。

しかも自宅と会社の電話番号を併記して、昼でも夜でもとにかく一刻も早く連絡を待っているという。

笑えないひたむきさだった。

いいともいいとも。同時代を生きる者の縁として、これからの山道で気づいたことがあれば必ず連絡しよう。

せこい話だがその電話代を負担するくらい、なんでもない。

手帳に電話番号を書きうつした。

神社を離れてしばらくで森林帯を抜けだした。

あとは灰色の瓦礫の間をジグザグに踏みしめて登り、中尾峠に三時半着。

とうとう最後まで疲れなかった。

すぐ南には赤茶色の焼岳が大きく仁王立ちしていた。

一〇分もあれば登れそうなほど近いが、王冠のようなギザギザの岸壁はさわっただけで崩れそうで無理な気もした。

東正面は霞沢岳《かすみざわだけ》と六百山で、その間の下の方には大正池《たいしょういけ》と梓川《あずさがわ》が流れ、帝国ホテルの赤い屋根も見えた。

北はここから尾根伝いに西穂・奥穂・前穂・明神《みょうじん》といった穂高一族が軒を連ねて、山岳雑誌の表紙に出てきそうな文句なしの展望だ。

だが、西の笠ヶ岳から雲《くも》ノ平《だいら》方面へ続く稜線の向こう側にはすでに一面の雲が湧いて、天気の崩れが近いのはまちがいない。

一休みで出発した。

焼岳小屋の前から草つきの急斜面を、焼岳の溶岩流の黒い割れめに沿って一気に下った。

何回か鉄ばしごで垂直におりたりして高度を下げ、カラ松の樹林に入ると小さな沢が現われ、それに沿っていくうちに坂はしだいにゆるくなり、じきに田代橋のたもとに出た。

上高地に着いたのだ。

若い男女やヒールの高い靴をはいたおばさんの団体が、ガイドの旗を先頭にゾロゾロとぼくの前を横切った。

深い山の息吹を吸ってきた身には、えらく俗っぽい光景だった。

だが、ぼくは実は俗っぽいのが好きなのだ。人間がニコニコ笑いさざめいている風景は、なによりもいい。

そして、この時も人恋しさが満たされた嬉しさの方がまさった。

梓川の左岸を河童橋《かっぱばし》まで歩いて、絵ハガキどおりの岳沢の勇姿をおがみ、小梨平《こなしだいら》のキャンプ場で宿営の手続きをしたのが、もう薄暗い六時半。

すべてギリギリだった。

夜、静かに雨がふりだした。

六月二〇日　上高地

風は夜半から強まりだし、じきに雨をちぎるほどのひどい吹きつけになった。

カラ松の林の中のキャンプ場は下草も刈られ、よく整備されていたが、その分、風にはまともにさらされた。

夕べは雨を心配してテントの周囲の溝掘りをせっせとしたが、風のことはまったく考えていなかった。

管理事務所からテントサイトとして割りふられた敷地が縦長だったので、つい方向をあわせて設営したのがまちがいで、岳沢から吹きおろしてくる強風をまともに横腹に受けることになった。

ゴーゴーと叩きつける風に、テントの天井を支えるジュラルミンの軽量ポールは大きく左にたわみ、ぬれた側面を寝袋におしつけてきた。

中の自分が重しになっているからすっとばないだけなので、とばされないよう体に力を入れなければならない。眠るどころではなくなった。

まっくらやみの中で、テントが破れないことを祈りながら、ただ夜明けを待った。

すでに寝袋の先はグッショリぬれて、足先が冷たい。

（昨日、一昨日とよく歩いたし、今日は一日雨だろう。それなら今日はここでこのまま寝ていよう）

横になって目をつぶったまま、そう決めた。

とはいっても、座ることもできない棺桶型のテントでは退屈する。

風雨がいくらかおさまって、すっかり明るくなった九時過ぎ、ぬれるのを覚悟で、小梨平の一画にある環境庁の上高地ビジターセンターまででかけた。

折から六月は「見つめよう上高地月間」ということで、今夜は「鳥」と「花」の専門家によるスライドの映写会が開かれるそうだ。

願ってもない時間つぶしだ。

しかも館内は「上高地ブックフェアー」開催中で、山の写真集・山行記はもとより、詩集や小説、『上高地殺人事件』というお役所らしからぬ本まで、ズラーッと木のカウンターに並べてあった。

展示物には違いないのだが（ま、この悪天候で入館者も少ないし）と勝手に理屈をつけ、お昼までソファーで読書にふけった。

家で本を読んでいる時には元気よく旅にでたくなり、旅をしている時には静かなところで本を読みたくなるという移り気なぼくには、これは嬉しかった。

昼過ぎ、中学生の修学旅行のバスが四台、着いた。

今さら日程の変えようもないのだろうが、あいにくの天気で気の毒だ。

それにしても、なにもここまで詰襟やジャージの体操着で来なくてもいいのに。

旅にでてから気づいたことだが、「自然を観察する」という立場でなく「自然と調和したい」という姿勢に立って初めて見えてくるものがあるようだ。

そのためには自分が上手に周囲の光景に取りこまれなければならない。

個性を覆い、「学生である」という一律な主張しかできない制服は、不粋で、こんな時はっきりじゃまになった。

自分の方はさらけだすことを拒んで得られるものは風景の表層以上のものではないし、旅とは自然や社会を見ることでなく、むしろ自然や社会に見られに行くことなのだ。

風がおさまり、霧雨になった。

穂高も稜線は無理だが下の山肌は見えてきた。

バスのターミナルビルに「上高地ウォーク」というイベントの用紙が置いてあった。

数か所の山小屋でスタンプを押してもらうと記念の絵ハガキセットをくれるという。

さわると手にリン粉がつきそうなほどリアルな蝶々の絵の四枚組だ。

（そうだ。朋子と隆のためにこれを手に入れてやろう。タダだし、軽い。ぼくが歩けばいいだけだ）

かくして午後はおみやげめざして上高地を歩くことにした。

折から雨足が強まったが、梓川沿いの遊歩道は広々として、傘でゆうゆう歩けた。

大正池から田代橋、河童橋とひきかえし、残る明神に向かった。

こちらは車では行かれないので、人影もぐっと減った。

川に落ちる雨の音、葉に落ちる雨の音、傘に落ちる雨の音、ぼくの足音、遠くも近くも聞こえるものはそれしかなかった。

木の葉の緑がもやの中ににじみだし、雨の森はどこまでも静かで美しかった。

明神の山小屋でスタンプが揃い、絵ハガキをもらえた。

これだけのために四時間も歩いた。

ヤッケの内側に抱えて、テントに戻った。この旅で初めて意識的に増やした荷物だった。

夜、ビジターセンターのスライド映写会に参加した。

時間にしばられない旅を続けていると「七時半開始」という設定があることが逆に

新鮮で、まるで彼女と待ちあわせでもしたかのように何度も時計を確かめて、いそいそとでかけた。

三〇人ほど参加者がいた。

鳥や花にとくに興味はないが、そのつもりで見ると、これはこれでえらく深い世界で見飽きなかった。

その写真を一枚撮りたいがために何時間も茂みに隠れて粘るという、講師のただごとならぬおもしろがりようにもひきつけられた。

うらやましいような、そうでもないような妙な親近感を感じた。

でも、ぼくが描く細密な迷路ポスターも、本人は別に大変な仕事と思っていないのに、まわりからは「根気よくないと作れませんね」と感心されるから、要はノリかもしれない。

九時半終了。

こんな時間まで明るい屋内にいて人のざわめきに接していると、それだけでずいぶん夜遊びをしたようだ。

あいかわらずの小雨の中、河童橋のたもとの宿にガヤガヤ帰る人たちと別れて、一日、主のいなかった棺桶テントに戻った。

ストーブのそばにすわって服を乾してきたので、（もうぬらすまい）と気をつかった。

■六月二一日〜二五日
上高地――島々谷――松本――霧ヶ峰――八ヶ岳――佐久

六月二一日　上高地――島々谷

夕べ眠れなかった分をとりかえすように、熟睡した。

小雨だったが五時半起きしてビジターセンター主催のバードウォッチング会に参加した。

生れて初めてだ。

小雨で予想より参加者が少ないのだろう。世話役の人は首から五、六個も双眼鏡をぶらさげて重そうに歩いていた。

ぼくが行くと喜んで一番大きいのを貸してくれた。

鳥そのものを見ることよりも、バードウォッチングという気分にひたってみたいのが本音だから、これは嬉しかった。

俳優の加藤剛によく似た講師の解説によると、雨の日は鳥もあまりでてこず、しきりにベチャクチャ鳴いているのはミソサザイばかりだそうだ。

それでも川の上を飛ぶカワガラスと、キバシリがまさに木の幹を走っているところを見ることができた。

八時からは植物の講師による草花のウォッチングの会ということで、荷物をまとめてそちらにも参加した。

雨はやまないが日曜なので飛び入り参加の観光客も多く、道端の花や草の名を聞きながら、大勢で明神池までプラプラ歩いた。

道々、（ふうん、大勢で連れだって歩くのもたまにはいいなあ）と、珍しいことを考えている自分に気づいた。

「鳥が見たい人、この指とまれ」という、こういう集まり方は悪くない。

みんなが自分の自由意志で参加して、集いが終ればまた一人になるのは当りまえなのだから、妙なつらさや淋しさがなかった。

明神から徳本峠《とくごうとうげ》を越えて島々《しましま》にでていくつもりのぼくは、河童橋に戻っていくみんなとここで別れることになる。

講師の先生にお礼を言った。

「いやいや。それより島々谷《しましまだに》は水が増えているかもしれないから気をつけて。……あ！　ジュウイチが鳴いてますよ」

「？」

「ジュウイチ、ジュウイチ、ジュウイチ、ほらね」

ジュウイチと鳴くので十一という変な名の鳥を最後に教えてもらい、「さよなら」を言い忘れて別れた。

さあ、また旅だ。

深呼吸し、靴ひもをしめなおして、徳本峠への登りにかかった。

細い雨なので傘のまま行くことにした。ポンチョは後始末がめんどうだ。

たんたんと樹林の中を登っていくと、足もとにはさっき教わったばかりの、前後左右につきだした葉がグルグルと上に向かうヤグルマソウ、コウモリが羽根をひろげたかっこうのカニコウモリ、ミヤマギフチョウが卵を産むウスバサイシンなど、昨日まで名もない下草としか思っていなかった草々が、てんでに葉を雨に打たせていた。

今までただ「鳥」「草」としてひっくるめて見ていたものを個別に認識できるようになれば、山野はまた違った形で見えてくるのだろう。

少なくともA地点とB地点の間の通過の空間を「なにもない」などと一本調子に形容することはなくなるはずだ。

もっとも、今は頭でそう考えてみただけで、自然にそう思えるようになっていなければ意味はない。

途中誰にも会わないまま、徳本峠（二一三五メートル）に着いた。

雨なので座る場所もなく、結局休まずに明神からちょうど一時間で上れた。

（途中でバテるか？）という不安はまったくなかった。

徳本峠の名は高校生の頃から知っていた。

かつて、槍や穂高をめざす岳人の誰もがここを越えて上高地に入った。

播隆上人が、ウエストンが、深田久弥が、一様に島々谷をつめ、この峠に立って初めて、谷の向こうに穂高の大観を見て感動したという徳本峠は、昔からの山岳紀行に何度となく登場し、日本山岳史上、絶対欠かせない名前だった。

今日その景色は正面の雨の向こうというしかない。

それでも横に立つ昔ながらの山小屋を見れば、自分もいくらかは黎明期のアルピニストの気分を味わった気がするし、一方的に仲間入りできた気もして妙に誇らしくもあった。

小屋のかげで一休みして島々への下りにかかった。

樹林とやぶで展望も風通しもない急坂だ。

まるまる三〇分、駆けるように下って沢にでた。

ここから沢筋を東に向かってえんえん歩かされた。

一昨日からの雨での増水が気になっていたが、案の定、けっこうな水量で、瀬は段を作って大きな岩から空中に飛びだし、谷の両側の岩からは水が吹きだし、山道の低いところには容赦なく水が流れこみ、長い板を渡しただけの橋のいくつかは水がかぶっていた。

何度もすべりそうになりながら、岩魚《いわな》留《どめ》小屋まで下った。

徳本峠同様、ランプの似あう古い小屋だ。

ようやく雨が上ったので、ここで今朝上高地で買ったおにぎりを食べた。

それから谷はますますきびしく深くなった。

道は崖にはりだした桟道になり、細かい上下をくりかえした。

日が射さない暗い廊下の中で、水音はせりだした頭上の岩にあたってはねかえり、上からも下からもゴオゴオと聞こえた。

最後に危なっかしい吊橋を渡ると、道は沢から高く離れ、周囲が人工林になったところで二俣《ふたまた》出合《であい》にとびだした。

午後四時だった。

ここからは未舗装ながら車が通れる道になった。

振りかえってここから上高地までの長い距離を思うと、往時の北アルプスがいかにはるかな仙境だったかと実感した。

そして、実感として言えることに満足した。

また、雨がふりだした。

少し行った右の崖下に洞穴状にひっこんで中が乾いているところを見つけた。

（雨の日はとにかく泊まれるところがあったらさっさと泊まってしまうことだよな）

そう決めてさっさとテントを張り、五時には寝袋に入ってしまった。

今日の仕事——大きな峠をひとつ登って下ったこと。

それだけだがなんだかとても迷いのない楽しい一日だった。

六月二二日　島々谷——松本

明け方、ミソサザイがペチャクチャと鳴いているのが、半分眠りながらも聞こえた。よく寝た。

どんどん片づけてさっさと出発する。

今日は松本の街に入れると思うとワクワクする。

山や海の大自然に包まれるのもすてきだが、街の雑踏を歩くのも大好きだ。

商店街の賑わいにはなぜかホッとさせられる。

ぼくは本質的に街で生きるタイプらしい。

嬉しいような悲しいような気がする。

歩きはじめて一時間後、深い谷間に白い光が射しこんできた。久しぶりの日の光が川の水と対岸の山の緑にいっぱいにあたり、キラキラとまぶしい。

かさを増した水は大いそぎで流れて行く。

台風一過の晴れやかな朝となった。

やがて舗装路になり、島々の集落に入った。沢は梓川と合流した。

松本平に向けて急速に谷を抜けていく感じがわかる。

道は国道になり、車がひっきりなしに走るようになった。

そのわりに道が狭くて危なっかしく、安曇野らしいかわいい道祖神があったが立ちどまって見入る気にはなれなかった。

新島々の駅前にでた。

クリーム地に赤と青の太い線、MRCと大書した二両編成の電車がとまっていた。乗れば、座ったまますぐに松本の街に着いて喫茶店でモーニングコーヒーが飲めるという誘惑が、一気に出てきた。

旅にでて二〇日以上なのに（楽をしたい）というこの誘惑だけはまだおさまらない。

〈楽をしたい〉のは肉体の自然な要求だが、それに乗っかる形で「大丈夫。ちょっとくらい電車に乗ったってばれやしないよ。だまってりゃいいのさ。そのうち自分でも電車を使ったことなんか忘れちゃうよ」という声が心の中で起きるのがいやだった。

まじめに反論をさがすとそのまま説得されてしまう気もするので、柳に風で「ホラ、ホラ、またいつもの病気がでてきたかい」と、あえて軽く扱って流した。

ベルが鳴り、出発する電車を見送ってから、安心して新聞と自販機のコーヒーを買って、待合室のベンチに腰をおろした。

今はこれで十分のモーニングタイムだった。

このあと松本までの道はほとんどレールと並行していた。

道端がちょっと盛りあがっただけの、まるでバス停のようなホームが前方に見えてくるたびに、気持が少し乱れた。疲れているのかもしれない。

つけこむように〈ぼく〉が言った。

「なにも全部歩くことはない。どうでもいいところを省くために交通機関はあるんだし、それはそれで普通に使えばいい。なにがなんでも全部歩いたって誰もほめてはくれないし、なんの意味もない」

まったく正当な〈ぼく〉の主張に対して〈彼〉はキリッとした反論ができない。「そんなことはない。途中の景色にこそ美があるんだ」とかっこをつけようにも、実際には「ホラホラ、さっさと歩かんと危ないぞ。道路は車で行くもんだ！」と歩道をはぶいた道の方が圧倒的に多いのだ。

催眠術にかかったように、一度は駅の時刻表と腕時計をにらみあわせるところまでいった。

幸い、次の電車まで時間がだいぶあったので（なんだ。これなら歩いた方が早いぞ）とかすかなケチ根性が作動して助かった。

駅にいるところにスーッと電車が入ってきたら、発作的に乗っていたかもしれない。

待合室には学ランの男の子とセーラー服の女の子が二人でライターの手入れをしていた。

「ヨーイドン」というように、男の子がカチッとライターを押した。

それでまた歩きだし、松本駅前に着いたのはお昼過ぎだった。

今日はもう松本泊まりで午後は散歩と決め、ザックをコインロッカーに入れた。

まず、銀行で二万円おろした。

今の所持金でやっていけるような気もするが、もしたりなくなった時、このあと大きな銀行のある町にどこでたどりつけるかわからないので、先に手を打ったのだ。

それからさっき読んだ新聞の催し物欄に載っていた「UFO写真展」に行くことにした。

会場のデパートのホールは小学生ばかりゴチャゴチャいた。

親たちは子どもをここに置いて、買物をしているらしい。

おなじみのナスカの地上絵やアダムスキー型円盤をはじめ、なんだかよくわからない空中の光を撮った写真パネルが壁にズラズラ並び、目撃者による宇宙人のスケッチの前では笑ってる子と、真剣にこわがっている子がいた。

ぼく自身は、いる方がおもしろいから「宇宙人実在説」に賛成だ。

松本城の前の本屋に「梅沢富美男特別公演・三五〇〇円のところを一五〇〇円に」という割引券が置いてあった。

今夜だ。とりあえず一枚もらった。

名物の「大日本邪道ソバ」を夕食に食べながら、「梅沢富美男」を観ることに決めた。

これが町にいる醍醐味なら、それを浴びるほどに味わおうと思ったのだ。

六時半、松本市民会館。超不入りだった。

正規のお金でA席を買った客が一階の前の方に数十人、割引券で来たと思えるぼくのような客が二階の後ろに数十人いるだけだ。

その二階の後ろの客（大半は年配の女性）たちは開始のブザーが鳴り、場内が暗くなると同時にいっせいに前の席にダッシュした。しばらくためらったが結局ぼくもまねした。

踊り、芝居、歌。梅沢富美男の女形はきれい、着物もとてもきれいだった。

客はこのきれいさを観に来るのだから、失礼だがそれ以外は考えなかった。

そのきれいさだけで「七人の兄弟と五二人の劇団員とその家族まで一〇〇人近くを食わせていく」なんて、ぼくには考えもつかない。

でも、そういう人もいてほしい。

でてきたのが九時近く。

今夜は奮発してビジネスホテルにでもと思っていたが、お金もけっこう使ってしまった。

といって街のまんなかでテントを張る場所もなく、この旅で二回めの徹夜行をすることに決めた。

そうなると今から歩きだすのは早すぎる。

翻訳もののエロ本を一冊買って、駅前の喫茶店にこもることにした。

今聞いたばかりの「夢芝居」を口ずさみながら、夜の通りを大手をふって歩いた。

六月二三日　松本——霧ヶ峰

どぎついタイトルにつられて、つい買ったエロ本だが、ちっとも興奮しなかった。

こんなのを持ったまま交通事故にあったら、死んでも死にきれない。

オーバースローでゴミ箱に放りこんだ。

夜中の一二時五〇分、山仕度の男どもが仮眠する駅前広場をあとにした。

これから夜明けまでかけて美ヶ原に登り、霧ヶ峰に縦走する予定だ。

夜中に歩くのはすべて車道だから迷う心配はないはずだ。

それはそのとおりだが、これはこわい道だった。

初めのうちこそ車も走っていたが、町中を抜け、薄川沿いの道になるとシンとしてまっくらになった。

山あいの集落に向かう田んぼの間の道には、家一軒建っていない。

遠くに見える街灯の横には柳の木が何本かあって、おいでおいでをするようにそよいでいた。

光のあたらない木は影になって、まるで怪物の手のようだ。

灯の下を過ぎる時には、自分の影が何十メートルも前方に伸びて、ぼくと無関係に動きだしそうに思えた。

休む気はまったくないし、後ろも横も見たくない。

満天の星が傾く音が聞こえそうなくらい静かな道をただ、もくもくと歩き続けた。

そのうち、だんだん体が夜の闇にとけこんで、自分のものでなくなっていくような、どこをどう歩いているんだかわからなくなるような、不思議な気がしてきた。

あわてて自分の名前と行先きをことばにだして確かめた。

「ぼくは杉山亮。ここは松本。妻と子どもが二人いて、これから長瀞へ帰るところ」

それで夜の魔法がとけた。

星が減り、空が黒から青に変り、朝への準備が始まっているのがわかった。

牛立《うしだて》の集落に入って、鳥の声を聞いた。

朝一番最初に鳴く鳥はなんだろうと楽しみにしていたら、ニワトリだった。

虚をつかれた感じでクスクス笑った。

川に釣人を見た。

時間が止まったような長い夜はようやく終った。

西の山の上方に日があたりだし、東の稜線に御来迎《ごらいこう》を見る頃、三城牧場に着いた。

真上に美ヶ原の最高地点、テレビ塔の立つ王ヶ頭が見えた。

ここから待望の土の道になった。

登山道の両側にはズダヤクシ、ウスバサイシン、ラショウモンカズラなど上高地で教わったばかりの草や花が咲いていた。

（どうだ、おれはおまえの名前を知っているんだぞ）と自慢したいが、人間がつけてやった名前を花が知るよしもない。

それでも別れた友だちに会ったようで嬉しい。

途中の小さな川原で、松本で買ったおにぎりを食べた。

キザで言うのでなく、暖かい日の光がおかずだった。

ぼくの頭の先から足先までのすべてに、日の光がゆっくりと指圧をしてくれていた。

そばを勢いよく泡だてて流れる沢水を飲んだ。

おいしかった。

缶コーラのおいしさも否定しないが、それはおいしさを徹底的に追及した「人工のおいしさ」の極致のようなものだ。

世界中、どこで飲んでも安定しておいしい。

けれども、今飲んでいるこの水のおいしさは単にのどの渇きをいやすだけでなく、もっとはるかにいいなにかが入っているとしか、言いようのないものだった。

そこから「百曲り」の登りにかかった。

ジグザグの急登だが、近くにシラカバと今が盛りのツツジの群落、遠くにウグイスが谷渡りしていく広々した尾根の眺望があって、つらくなかった。

じきに木がなくなり、ガレになった。

最後に視界にあるのは、見上げるほど真上の地平線とその上の真青な空だけになった。

走るように登って美ヶ原の一角に立った。

ちょうど大きなプリンの上にアリがはいあがったようなかっこうだ。

「登リツイテフイニヒラケタ眼前ノ風景ニシバラクハ世界ノ天井ガヌケタカト思フ」と尾崎喜八が詩ったままの広大な景色が、そこにあった。

見渡すかぎりの青草のじゅうたんに無数のタンポポの花が、誰に見られるでもなく咲いていた。

少し離れたところに牛が放牧されていた。

ゆっくりと柵の前まで近づいて、静かに腰をおろした。

「おはようさん」と、てれながら言ってみた。

牛たちはそこかしこに全部で二九頭、全部茶色、そして全部草地にすわりこんで、ぼくを見ていた。

みごとに一頭も動かなかった。

時々耳やしっぽを動かすだけで、すべてに満足しきっているかのようにじっとしていた。

尻もちをついたひざの上に両ひじを置き、ほおづえをついて、ぼくも牛に遠い目をむけた。

ヒバリが高く飛んだ。

そこでヒバリに目をやり、見失って視線をさげると、南アルプス、八ヶ岳、霧ヶ峰の稜線があり、はるかにこの旅で初めての富士山があった。

振りむくと北アルプスは五竜岳《ごりゅうだけ》、白馬岳《しろうまだけ》まで見えて、前後何百キロの豪勢な展望の中に、ぼくと牛だけがいた。

そのまま、少し時がたった。

「ああ」

自然に声がでた。

「かなうわけないよなあ」

ぼくが来るのを昔からここでずっと待っていたかのような牛と青い空を見ているうちに、自分がとてもいい状態にあることに気づいた。

こんな気分は初めてだ。

すべてはあたたかく、いきいきとして快適だった。

理由などなにもないのに、ぼくは深く感動していた。

すべてを許せる気がした。

同時に今まで自分がしてきた多くのまちがいや他人を悲しませた言動のすべてを、なんとか許してもらいたいとも思った。

ゆっくりと地べたに寝そべって両腕をひろげた。

体に無数の陽光がささった。

たぶん、ここが折りかえし点だ。

きっとこれが答えなのだ。

三月、問いは頭の中で一瞬だけ光った。

だが、その答えは同じような形で出てきはしなかった。

答えはまず、体に訪れた。

上も下も右も左もないようなこの広大な空間の中でぼくが生きていること、頭のてっぺんから足の先までが生きているという意識をもって生きていること、この感覚そのものがたぶん答えだ。

体中がわくわくし、血がトットットッと走っていった。

心臓の音が聞こえた。

なんだかわからないが（大丈夫だ。自分はなんだってやれる）と思った。

一度体を起こし、太陽を見つめて目まいを感じ、もう一度寝そべった。

世界のすべてのものが生きていた。

三月のあの日の問いは、この感覚を忘れて平然と処世を送りはじめた自分への、内部からのSOSだった。

そしてこの嬉しいようなこわいような、世界が違って見える体験は以前にもしたことがある。

そう気がついた時、謎がとけた。

天生峠の登り口のお寺で感じたなにかの手がかり——子どもの頃、父に連れられていったどこかのお寺の境内でぼくは初めて感じたのだ。

自分は生きているんだと。

それまでは生れたから、ただ生きているだけだったのに。

そしてそのとたんに、不安と孤独と、しかし歓喜と勇気と、あらゆる感情の要素が未分離のまま、子どものぼくをおそった。

その中でぼくはまた初めて、ボーッとなっている自分を見つめているもう一人の自分の存在に気づいた。

そこからぼくはぼくの主人になった。

だがその日の体験はことばにしようもないし、こわいし、忘れた。

その方が日常を生きやすいこともあったろう。

たぶん、そういうことなのだと思った。

だがあの時からぼくは実は旅にでていたのだ。

その自分を仮に魂とよぶなら、魂はぼくの中を何十年も旅を続けていたのだ。

その旅がぼくを大きくしてくれたのに違いない。

学校に行き、仕事につき、結婚して子どもを得た外側のぼくが楽な暮しを求めだし、若い頃のような覇気をなくしてきたこの数年でも、ぼくの中の自分は旅を続けていた。

そしてさすがにここに来て（おまえはどこに行くんだ。なんとかしろ）と信号を送ってきたのだ。

からくもそれをキャッチして、ぼくは旅にでた。

おかげで、もう長い長いこと忘れていた、ふるえがくるような感動を味わっている。

すべてはこのためにあったのかもしれない。

遠くで鐘が鳴った。美ヶ原高原美術館の開館の合図だ。

行くことにした。

山頂の広い敷地のそこかしこに、おかしなオブジェがたっていた。

だが、見ているうちに（なんだか、もういい）気がしてきた。

これくらいのおもしろさなら、今はいらない。

帰りたい。

この旅にでて初めてそう思った。

糸鋸盤の前に座って、日がな一日おもちゃを作る自分に戻りたいと思った。

旅は、最終コーナーにかかったらしい。

入場料を払った手前、元を取るという感じで掲示板どおりさっさと歩いて外に出ると、ポケットから地図をとりだした。

長瀞まで、あと越えなければならない峠がどうしても三つはあった。

「ま、四、五日かな」

美術館の出口の赤電話をとりあげた。

真紀子たちは東京の実家にいた。

もう長瀞に近いことを言うと「それなら明日にでもみんなで長瀞に戻っている」とのことだった。

美術館をでたのが昼の一時過ぎ。

夜通し歩いて眠いことは眠いのだが、テントを張るにはさすがに早い。

行けるところまで行くことにした。

霧ヶ峰から蓼科《たてしな》までのすべての尾根は指呼のうちに見えている。

行きかう人は誰もいない雲上の草原をとぶように歩いて、茶臼山《ちゃうすやま》（二〇〇六米《メートル》）頂上通過。

一気に扉峠《とびらとうげ》に下り、図体の大きな三峰山《みつみねさん》（一八八七米《メートル》）への登りにかかった。

クマザサの中をしゃにむに登り、樹林を抜けるとツツジが満開の見晴らしのよい尾根道になった。

右に諏訪湖と中央本線沿いの町、左に信越本線沿いの町が首の向きをかえるだけで同時に見渡せた。

一面に咲くツツジの間を小さな登降をくりかえしつつ、ぼくはやたらにいそいでいた。

疲れすぎるくらい疲れて頭はボーッとしていたが、それでも足が勝手に前にでた。やがて山頂着。

立札に七五分とあるところを五五分で、地図に一〇〇分とある区間を六五分で移動した。

この旅の初めの十文字峠越えで三時間コースに五時間半かかったことを思うと、自分の変りように驚いてしまう。

古峠《ことうげ》におり、自動車道路をテクテク歩いて六時五〇分、八島湿原《やしましつげん》入口着。

ヘトヘトでとても奥のキャンプ場まで行けそうにない。

湿原展望台の広場にテントを張り、とにかく横になることにした。

ハードだが、ありったけやった感じの気持いい一日だった。

六月二四日　霧ヶ峰——八ヶ岳

テントの外でアマチュア写真家たちが「すごい、すごい」とわめいている。

四時半だ。

起こされて外に出ると、見下すうす暗い湿原の上に霧がまんまるのかたまりになって、夢のように浮かんでいた。

まだ眠いので寝袋にもぐりこんだ。

今度は遠くにバイクをとめる音がして、若い男が二、三人やってきた。

一人がぼくのテントを見つけて、「あ、テントだ。国立公園の中ってテント禁止だろ」と三回も聞こえよがしに言った。

そのとおりだが（いやなやつだ）とも思った。

ぼくにしてみれば夕べクタクタになり、しかもどんどん暗くなって幕営場にたどりつけなかったための緊急避難だし、もちろん草地に入らないで観光客用に踏みかためられた展望広場にテントを張っている。

ルール違反に対しては「とにかくけしからん」じゃなくて「なにか事情があるのかな」って方向から考えた方がお互いに住みやすいのに。

一行が立去るのを待って起きたら、早朝の霧はどこかに消えて、日が射していた。

夜露に濡れたテントの裏側を日に干して、七時出発。

湿原沿いの木道だ。

湿原にはまだ花はないが短い草が一面にしげっている。真平《まったいら》なその上は無風で、そよとも動かない。

周囲の木々の葉は日の光にキラキラしているのに、湿原上に入った光はすべて水面につきささるのだろう、濃淡がなく、はるかかなたの対岸まで一律で、ちょっと人工芝球場のようだ。

湿原を半周し、御射山《みさやま》遺跡から霧ヶ峰の主峰・車山《くるまやま》（一九二五メートル）にとりついた。木がまったくない草山の中央に、広い土の道が一筋まっすぐに上っていた。同じ道をアリの一団が登っていた。どんどん追い越した。

山頂に立った。

今日も三六〇度の展望があった。

頭をグイッとつきあげた感じの蓼科山がかっこいいが、昨日越えた三峰山も大きくどっしりして悪くない。

もっとも自分が登ったことのある山はたいていそう感じる。

車山から白樺湖へは草山の間のよく踏みかためられた道を、リフトと並行して下った。

キスゲ、アヤメ、アザミがそこかしこに咲き、ツツジの群落は最盛期だ。

白樺湖にはたくさんのホテルや店があった。

今日唯一のぜいたくと思うから、行きつ戻りつ店を選んで「モンクレール」なる喫茶店に入った。

ペンションふうの白壁の店だ。

「スパゲッティ・ボンゴレ」という横文字注文が妙に嬉しかった。

朝昼兼用の食事をすませて八子《やし》ヶ峰《みね》のハイキングコースに入った。

八子ヶ峰は白樺湖の南側の霧ヶ峰と向きあっていくつかのピークを連ねる尾根で、一番はじのピークの避難小屋はすでに登山口から見えている。

道はツツジの中を一直線だ。登り道への抵抗感はまったくない。鼻歌でいくらでも登っていける。

ぼくははっきり強くなった。

いくつものアップダウンをくりかえし、ヒュッテが現われたところで稜線は終り、峠の車道に向けて急な下りになった。

前方の八ヶ岳がますます屛風のように迫ってきた。

とにかくあれを越えなければ帰れない。

八ヶ岳の地図は持っていないので、おりたところの茶屋で八ヶ岳の情報を訊いた。銀髪のおじいさんが「昔はよく登ったが今はもう引退です」と笑いながら、ガイドブックをひっぱりだして見せてくれた。

若い頃さんざん山に登って、歳とってからその山の麓で暮すというのは、ぼくには向いていないがひとつの素敵な生き方だと思った。

教わったとおり、車道を二〇分下り、そこから東へ八ヶ岳に入る。

車道一本隔てるだけでどうしてこんなに山の様相が違うのか、霧ヶ峰、八子ヶ峰の明るさと打ってかわって、こちらはいきなり奥秩父のような深い樹林の道だ。

岩には苔がはえ、木はツガが多い。

道はぐんぐん上っていた。

しかし、われながらムチャな話だ。

霧ヶ峰、八子ヶ峰に続き、今日はもう三つめの山塊に入っている。

旅情もなにもありはしない。

けれどもハアハア荒い息を吐きながらも歩かずにはいられないし、そういう時間が楽しくてたまらない。

大股でどんどん進んだ。

ムチャをするのは本当に久しぶりだ。

そしてムチャしてもよかったんだと気がつく。

マニュアルなしのムチャは楽しい。

マニュアルなしでやっていける体と気持を、ぼくは今、もちあわせている。

途中の沢で水を補給し、しばらくして蓼科山との分岐にでた。

北八ツに向かい、ここからは低い笹原になった。

ところどころにポツンと立つモミの木の濃い緑とササの浅い緑、地上の密生となにもない上空の対比が美しい。

途中、ほとんど休まない。

庭園のような天祥寺平《てんしょうじだいら》も、立ったまま一息いれて通過。

こわいくらい体が前に進む。

「さあ、もっと早く、次へ行こうよ」と体が内側から要求していた。

ぼくをリードするのは頭ではなく体になった。頭を飼主、体を飼犬として最初に散歩に誘いだしたのは飼主の方だが、今や犬はどこまでも走りだし、飼主はくさりにつかまってなんとか追っかけるありさまだ。

じきに亀甲池《きっこういけ》に着いた。原生林のまんなかにポツンとあった。陸と水の間にはふちとか段とか呼べるものはなく、浅い池の底にはその名のとおりの亀甲形のひびわれが無数にできていた。

周囲は砂地でテントを張るには最高だが、あまりに神秘的で夜がこわそうだし、もう少し歩きたくもあったので、通過した。

原生林の道を、木に結んである赤いきれを目印に倒木をまたいだりくぐったりしながら行き、コルを越えて双子池《ふたごいけ》の岸におりたった。

あっさりと八ヶ岳の背骨に着いたのだ。

池のわきの山小屋にことわって、池畔にテントを張った。

今日はハイキングコース三つ分歩いた。

でも、足に豆などまったくできていない。

六月二五日　八ヶ岳——佐久

夕べは寒かった。

寝袋の中でずっと丸くなっていた。

けっこう高いところにいるのだと、今さら気がついた。

六時半起床。

テントをたたんでいたら、夕べ知りあった小屋泊まりの女の人がわざわざ来て、「今日はもう下山で不要だから」とおにぎりとチョコレートをくれた。

この旅で「どちらへ?」と尋ねられた時、ぼくはいつもその晩に着く予定の地名だけをボソッと答えてきた。

旅の全体を説明して妙に自慢気に聞こえるのもいやだし（それを自慢しようとする者が自分の中にいるのを知っているからだが）、単にめんどうくさいという気もあった。

ところが夕べは暗くなる前の一時、会社を休んで一人で山旅という若い女性と池畔で雑談になり、そのシチュエーションが嬉しくてつい「男の哀愁」を漂わせるようなことばを選びながら、この旅の意味についてあることないことしゃべったのだ。

中でも「どこまで歩いたんですか？」の答えとしてさりげなく「富山まで」と答えたのは決定的だった。

ぼくの旅は一ヶ月徹底的に自由ということそのものにあって、行先はたいして問題ではない。

もちろん遠くまで歩いて他人に驚かれたいという気持も何番めかにはあるのだが、とりあえず本意ではない。

でも「富山」という有名な町の名がでてくると、人はそこまでの距離の長さにまず驚き、そこだけをクローズアップして感動してしまう。

で、今朝のお布施につながったのだ。うーむ。

どうでもいいが、ニットセーターの胸がやたらと大きい人ではあった。

七時半スタート。

小屋の後ろの斜面をちょっと登り、あとは佐久まで長い林道の下りだ。

八ヶ岳は裾野が長く、東側は広々している。

次に越えねばならない西上州の山はまだまだ遠く低く見えた。

一時間ほど砂利道を下ったところで、さっき幕営代を払ったばかりの双子池ヒュッテの番人がジープで追いついてきて停車した。うその口の集落の自分の家に帰るところだから、そこまで乗せていってやるという。ありがたく後ろに乗せてもらった。

ただし、荒っぽい運転だった。でこぼこ道でバウンドするたびに天井に頭をぶつけ、座椅子に尻をうたれ、のめって膝をぶつけ、戦争映画を地でいくようだ。

二〇分でうその口の集落着。

車の二〇分は歩けば二時間以上だろう。

おかげで、まだ朝の九時なのに下界に着いた。

礼を言って、ここからは舗装道路を歩きだした。

空気がムッとする。

山からおりてきたからだけでもない。

実際に夏に近づいていた。

木の葉は厚くなり、もう日の光を通さない。

草のにおいも濃く、動かなかった。

いくつか集落を抜けたところで電柱に「国際大サーカス」なるポスターを見つけた。

佐久の岩村田で連日午後一時より上演中という。

どうしようかと思ったが、旅先でサーカスにぶつかったのはラッキーに違いない。

思いがけなく車に乗せてもらったことだし、それで浮いた時間をあてればちょうどいいと自分にうまい言いわけも作れた。

テクテク歩いて、昼前に羽黒下の駅舎に着いた。

駅員が一人いるだけで、あとは小さな花壇があるばかりの、絵本にでてきそうな駅だ。

一〇分後、右手の踏切警報器が鳴りだし、カーブを曲って電車が入ってきた。

ここから岩村田までは電車で三〇分。電車に乗るのは富山以来だ。

あの時は一駅だけ、それもラッシュの中だったが、今は一人で四人掛けを占領し、足を投げだして窓外の景色にうっとりしていればいい。線路沿いの田んぼでは必ず人が働いていて、切符を買ったぼくは自分は見られずにそれを見ることができた。

自分の意志抜きで流される、魔のような気持よさがあった。

一瞬「こういう日常が罠の正体？」とも思った。

岩村田の駅から道の両側に立てられた特製のぼりに沿って歩くと、布製の大テントが見えてきた。

なにかの建物の跡地にしつらえたらしい。二本のメインポールと数本の支柱とロープで大空間を支え、中は階段上に板をくんで客席がつくられていた。

中央部は特別席で五〇〇円の割増。二家族七人しかいない。

残りの客はすべて左右のはじの一般席に座り、これが七〇人ほど。

それでなくてもさびしいのに中央がガラガラだから、まるで客などいないようだ。

プログラムは「アクロバット」「小犬のハードル跳び」「子象の挨拶」「ジャグリング」「鳩のマジック」「猛獣つかい」「綱渡り」「空中ブランコ」で、しめて一時間半。

これを総勢一四人ですべてこなした。

さっき逆立ちした人が次のプログラムでは道具を運び、おりを作り、綱渡りをし、綱をはるという具合の忙しさだ。

はっきりいって日本人のサーカスは外人ほど体型がよくないし、きらびやかな衣裳を着るほど逆に垢《あか》じみて見えてしまう。

でもやっぱりいい。

すべて自前のテント興行のいさぎよさをぼくは絶対支持するし、体をはって他人ができないことをやって収入を得るという仕事のスタイルは素直にうらやましい。

内容そのものに満足し、また批評家ぽい見方をしていない自分に満足して駅に戻った。

三時四二分、羽黒下着。

道草は終りだ。

海瀬《かいせ》から十石峠《じゆっこくとうげ》に向けての車道を、また歩きだした。

六時過ぎ、カラスが家路に着く頃、道路の真下で車からは目につかない崖下の休耕田におり、敷きつめられたワラの上にテントを張った。

■六月二六日〜二八日
佐久——上野村——城峯山——長瀞

六月二六日　佐久——上野村

ワラの上はあたたかくてぐっすり眠れた。
昔の友だちがでてきたり、やたら楽しい夢を見た。
六時四〇分出発。十石峠に向かってまっすぐの車道だ。
古谷の集落で「秩父76Ｋ・十石峠８Ｋ」の道路標示がでた。
とうとう秩父を射程距離にとらえた。

長瀞まであと三日あればゆうゆう着くはずだ。

古谷ダムを通過したところで人家はなくなり、道は九十九折りの登りになった。もう左右の稜線も低く見え、峠が近い気がする。

木かげを選んで歩くうちに砂利道になり、土の道になり、静かに十石峠に着いた。

ここで信州は終り、上州側の眺望が一気にひろがった。ステゴサウルスの背のような両神山《りょうがみやま》と二子山《ふたごやま》が見えた。秩父盆地はその向こう側になる。

足下には複雑な山ひだと、いずれ神流川《かんながわ》になるはずのいくつかの沢筋が見えた。とりあえずその谷底におりていかねばならない。

歩くことに抵抗はないが、あんな下の方の日照時間の短い傾斜地に人がわざわざ寄りそって集落を作っているんだなと思うと妙に息苦しく、住んでる人には申しわけないが少しだけ気が滅入った。

峠からしばらくは高度が下がらず、平らな林道を四〇分ほど歩いたカーブのところで、まっすぐ下っている山道が分岐した。

この道が上野村の集落にちゃんとつながっているならこちらを行きたい。

かつて秩父困民党《こんみんとう》も歩いた十石街道のはずだ。

仮にそうとう下ってから道が途切れたり、全然別のところに持っていかれたらとりかえしがつかない。

ところが立札がない。

少し考えてあきらめた。

そして思ったとおり、安全策をとった代償としてその後、大きな尾根を巻き、沢を越えるために内へ入りこむ長い長い林道歩きをしいられることになった。

だらだら歩くうちに時計は昼を過ぎた。

下りだから勝手に足がでるが、変りばえしないほこりまみれの山の景色に気持がたるんだ。

それでも、炭焼がまや、ネギ、ナスを植えた小さな畑が見られるようになり、だんだんに人のにおいもしてきた。

黒川の集落に着いたのが一時半。ほとんど休みなしで四時間下ってきた。

地の底に感じた。

久しぶりに出会った人間は、腰をまげて杖をついたおばあさんだった。

ゆっくりゆっくり歩いているところを軽く追いこしたが、個人史をじっくり聞いてみたいほどの無数のシワが顔にあった。

と思ったら向こうから別のおばあさんがバイクに乗ってやってきた。

免許をとったおばあさんは一気に世界がひろがっただろう。

よろず屋でコーラとあめを買った。

やはり歩道を歩けば三分の一の時間でおりられたのだそうだ。

それならそれで指導標があればありがたかった。

どこでもそうだが車道ができると歩行者が減り、あげくに歩道そのものが廃道になってしまうのがお決まりのパターンになりつつあった。

次の乙父《おっち》では最近、一九八五年夏の日航機墜落事故の「慰霊の園」ができたというので行くことにした。

川筋をはずれ、向こうの山を中腹まで登った。

斜面を強引に削って作ったらしい広い平地に慰霊塔、休憩舎、事務用の建物が建っていた。

大きな円錘をたてにふたつに割ったような慰霊塔の後ろには五〇〇人の死者の名が

すべて書きこんであった。

読むだけでも大変だが、とにかく仁義としても全部目を通そうと思った。「五〇〇人」と数字でいえば一言ですんでしまうが、しかしそれでは見えなくなってしまう一人一人の人生が、固有の名前の裏にあるはずだ。

車でやってきた別の一団が「坂本九の名はないかしら？」と言いながら、横を過ぎていった。

「飛行機が落ちたのはどの辺かしら？」とも言っていたが、墜落現場はここからでも二〇キロ奥の山の中らしい。

昼過ぎからくもっていたが、ここでとうとう雨になった。

ひどい降りではないが、今夜は民宿に泊まることにした。

富山以来、屋根の下に寝ていないし、旅ももう終りに近い。

明日は宿がありそうな町を通らないとなれば、今夜は一人で旅の終りの祝宴をはる最後の機会だ。

ここまでつきあわせてきた自分の体に一度くらいゼイタクをさせてやってもいいだろう。

電話帳を調べて、となりの乙母《おとも》の集落の民宿を頼んだ。

乙父と乙母を結ぶから父母トンネルというユーモラスな名前の長いトンネルを抜けて、村役場のある乙母に着いたのが四時半。

今日は十石峠を下るだけで終った。

大きな峠だった。

傘をさしたままひとまわりして予約の宿をさがした。

小さな路地沿いに民家の一画を改築したトタン屋根の、あまりきれいではない家だった。

斜め前にはもう一軒、まだ新しそうな大きな民宿があった。

やはり電話帳でさがすのは賭けだ。

ちょっとだけがっかりし、でも（ま、そんなの、どうでもいいか）と笑って、玄関前に立った。

客はぼく一人だった。

もともと観光地ではないところへシーズン・オフの雨の平日だからしかたない。

大きな風呂は焚かないから自宅の風呂に入ってくれという。

一番風呂だから熱かったが、あとの人のことを考えて埋めずに入った。爪の先がしびれるほど熱かった。

食事も家族の部屋でみんなより一足先に食べてくれという。

通された部屋は、いかにも結婚式の引出物にもらったような合成樹脂の置物がいくつも並んだ八畳間だった。

普通の家にお客に来たようでどうも落ちつかない。

祝宴らしくビールを頼んだ。

おばさんがケースから大ビンをだそうとしたので、あわてて「あ、そっちの缶のにしてください」とつけたした。

嬉しさにもバランスがある。きりつめるところは最後まできりつめねばならない。

食べはじめると、二メートルくらい離れたところにペタリと座ったおばあさんがニコニコしながらハエたたきでハエを追い、時折それであおいでくれた。

インドの王様になったようで落ちつかず、なにか話がしたいとも思ったが、結局ここでは日航機の墜落のことしかない。

おばあさんの方も心得ていて、あの時はここも報道陣でごったがえしたとかこうとかいう話をしてくれた。

夜、玄関横の本棚にあった『おすたかレクイエム』という遺族の手記集を借りてふとんの中で読んだ。

「あんたたち航空会社になにがわかるか。死んだ者の悲しみは、私たち、血をわけたものにしかわからない」という、遺族の言い方は少し危険な気がした。

でも、ぼくはぼくのレベルで、ボロボロ泣けた。

六月二七日　上野村——城峯山

朝食の時、宿のおばさんが言った。

「おにいさん、レクイエムってなんだか知ってたかい？」

「えーと、鎮魂歌とかお葬式の時にする音楽のことじゃないですか」

「そうそう、私、何回聞いても覚えられないんだよ」

おばさんのことばにはかすかに皮肉がこもっていた。

舞台こそ山奥の上野村だが、これはやはり東京と大阪の移動に飛行機を利用する程度に忙しい、もしくは旅慣れた都会の人たちの事件だった。『おすたかレクイエム』という耳慣れない横文字のタイトルを使用できる感覚がそれを示している。

飛行機など無縁のこの地で、祭りを自粛し、連日炊きだし等大車輪の協力をした地元の人にとって、それは微妙に不愉快なことかもしれなかった。

八時出発。神流川沿いの国道歩きだ。

乙母を出たところで右手の草やぶから三毛の子猫が一ぴきとびだしてきた。抱いても逃げないから飼われていたのだろうが、周囲に家はないし、迷子になったか捨てられたのかもしれない。

まつわりついて三〇分も一緒に歩いてくる。

（食べるものをくれ、めんどうをみてくれ）という要求のただごとでなさに情が移り、（このまま長瀞まで連れていったら朋子と隆は喜ぶだろうな）と考えたが、次の集落に入ったら、食料品を並べたよろず屋の前で動かなくなってしまった。

しばらく後ろを見ながら歩いたが、もうついてはこない。

長いしっぽをたてて、店のおじいさんに向かって懸命に鳴いている。

肩をすくめて、ぼくもまっすぐ歩きだした。

すぐに（この方がやっぱりお互いのためにいいな）と気がついた。猫の方がクールだ。

あいかわらず左右の山は高く崖となってそびえ、川一本道一本だけの深い谷あいだ。

昨日からの雨は霧になってまだ残っている。

中里村に入って村立の恐竜センターの横を通った。

中里村の国道沿いの岸壁にボコボコと丸い穴が数個、あいているところがある。

数年前、その穴が恐竜の足跡の化石であると学者に鑑定されたことから、急遽、村おこしの一環として建てられたものだ。

中には恐竜の模型や絵が並んでいるが、先月、家族で車で来たばかりなのでそのまま通過した。

叶山《かのうやま》の岩峰の下を通って万場《まんば》の町に入った。

小さいながら商店街もある。

先月は長瀞から一時間くらいで来たはずだ。

もうすぐだ。

長瀞に電話をした。

まず真紀子がでて朋子に代り、ついで隆に代った。

もう電話代を気にしないでいい距離になっている。

隆は今日が二歳の誕生日だ。

ただし本人はわけがわかっていない。

朋子に「明日、帰るからみんなでパーティをやろうよ」と言った。

キャッキャと喜んでいる。

「どの道で帰ってくるの？」と真紀子が尋ねてきた。

はっきりルートを言うと迎えに来てくれそうな気がしたので、「さあね、これから考えるよ」と答えをぼかした。

あとひとつ、上武県境尾根を越えればこの旅は終る。

十文字峠から始まって入笠山・権兵衛峠・鳥居峠・境峠・野麦峠・美女木峠・天生峠・ブナオ峠・倶利伽羅峠・中尾峠・徳本峠・美ヶ原・霧ケ峰・八ヶ岳・十石峠と大小いくつもの山塊を踏みたおしてきたが、いよいよあとひとつだ。

最後は土坂峠《つさかとうげ》に上り、秩父盆地におりずに尾根伝いに城峯山《じょうみねやま》に登って、直接長瀞に下っていくつもりだ。

昼過ぎ、万場の町のはずれから右岸に渡り、桑畑の中をゆっくりと土坂峠への登りにかかった。

狭いが車が通れるし、舗装もされている。

えらく直線的で急なつきあげの所があったが、それも上に行くとなだらかになった。

桜並木の道は峠の直下をトンネルで抜けた。

トンネルの直前で上州側を振りかえったが、すべてガスの中でなにも見えなかった。

二時半、埼玉県に入った。

下へおりる広い道ではなく、尾根沿いの左の林道を行く。

霧の中、はるか下に吉田町の奥の集落が見えた。

野麦峠から見た野麦の集落のように、谷の上のかすかな段丘にへばりついてひっそりとあった。

ぼくのいるあたりではもう雨はあがっている。鳥も鳴きだした。

道横のしげみに真円に近い大きなクモの巣がかかっていた。

その縦糸と横糸の無数のつなぎめのひとつひとつにコロコロとした露がつき、冷ややかな風にゆれていた。

知らないうちに足がとまって見とれていた。

しみじみと美しかった。

その間、ほんの数秒。

また歩きだしながら、すぐに、今のは自分としてはえらく珍しいと気づいた。

美術館で美しい絵を見れば、立ちどまるつもりで立ちどまって美を見る。

だが、どうでもいい風景の中で美とでっくわして「思わず立ちどまる」などということは、決まり文句としてはあっても、実際にはなかなかない。

たいていは（きれいだな）と漠然と思いながら通り過ぎるだけで、感動とは別のものだ。

だがぼくは今のクモの巣に感動した。

批評癖が強いからいくぶんぎこちないが、ふつうなら頭が（これは美しい）と認知して足をとめさせるところを、まず体が勝手にとまり、頭の方はその意味を一瞬はかりかねた。

剣の道をもとめて修行する武者ふうにいうなら「できた」と思った。

正確にいうと、クモの巣のおかげで、自分がすでになにかに気づいていることにぼくは気づいたのだ。

毎度登場する〈ぼく〉も〈彼〉も出てくるひまもなかった。

といって〈ぼく〉と〈彼〉が統一されて「真の自分」になったということではない。

そんなことはありえない。

〈ぼく〉の正体は、自分と世間が共存するために折りあいをつけようとする客観的な精神といっていい。

「世間」がなくならない以上、〈ぼく〉がなくなることはありえないし、〈ぼく〉は必要な自分だ。

一方、〈彼〉の正体は世間体に関係なく自分がこうありたいとイメージする自分だ。〈彼〉がいなければ、自分は指針を失うし、〈彼〉もまた必要な自分だ。

自分の中に異なる考え方や感じ方が同居するのはちっともおかしなことではない。

では〈ぼく〉や〈彼〉の声に耳を傾けている自分は誰なんだろう。

答えは「わからない」。

生きるというのは、その「わからない」ものが、〈ぼく〉や〈彼〉の意向を時にききいれ、時に却下し、生命をつないでいくことだ。

ぼくの一番深いところにあるその「わからない」ものが、肉体を風にさらし続けて二七日めの今、クモの巣を前にして一瞬だけ、ストレートに現われたのかもしれない。

さらに尾根通しの平坦な林道を、景色を左右にふりわけながら進んだ。

神流湖が見えたが、この六月にほとんど雨が降らなかったせいか水が少ない。

ひからびた水底もところどころにでていた。

夕方の五時、城峯山直下の石間峠《いさまとうげ》に着いた。

万場からほとんど休まずに歩き通した。

丸太をくんだあずまやがあったので、屋根の下にテントを張った。

暗くなってから車が一台上ってきて、あずまやの前で荷物をおろし、なにやらアンテナらしいものをくみたてはじめた。

ぼくと同年配のサラリーマンで、趣味のハム無線をするために会社がひけてからここへ来たのだという。

お金のある人は自分の家に高いアンテナをたてればいいが、ない人は一式かかえてこうして高いところに上ってこなければならないのだそうだ。

話しているうちに親しくなり、交信しているところを聞かせてもらえることになった。

初体験だ。

彼は夜中までのつもりでと六本も用意してきたウーロン茶の缶を一本ぼくに押しつけながら、マイクに向かった。

「はーい、八時半開局。ハローCQ、CQ、QRA、JFIKDO～」

呼びかけにこたえて栃木・東京・千葉から声がとびこんできた。

彼は時候の挨拶、電波の感度などを話し、二、三分で次の人に移っていく。

電波をつかまえること自体が楽しみで、会話の内容は別にどうでもいいらしい。

ぼくはきっとこれからも無線を趣味にすることはないだろう。

でも彼のおもしろがり方は本気だ。

本気でおもしろいと思うものを持っている人は幸福だし、その様を横で見ているぼくまでおすそわけで楽しくなれた。

一〇時半、教わったばかりのおわかれのことば「おかせぎください、セブンティスリー（さようなら）」を言って、テントに戻った。

旅の最後の夜だが感傷にひたる間もなかった。

六月二八日　城峯山──長瀞

よく眠った。
七時三〇分起床、霧雨。昨夜のハム無線の車はとっくにいなくなっていた。
テントはそのままに城峯山頂まで往復した。
山頂の、やぐらにくんだ展望台にはもちろん誰もいない。
上下四方、すべて白いもやに包まれてなにも見えない。
自分が宙に浮かんでいるようだ。
ザックをしょって八時出発。
折りたたみ傘をさして山道を行く。
最後の最後にきて、六月らしい雨になった。
雨はいい。
これが旅の最初だったらどう思ったかわからないが、今はそう思う。
ボーッとしたままもくもくと歩いてなんのじゃまも入らないこの静寂さ、足が大地に密着して体ごと自然にめりこんでいくような忘我の時、湿りとぬくもり、どこかに隠れた鳥や虫――この落ちつきは明るく元気な太陽の下では得られないものだ。

晴れは晴れなりに楽しいいし、雨は雨なりに楽しい。

「晴耕雨読」からもう一歩出て「さ、きょうは雨だから傘さして外に行こう。いつもと違ってきっとおもしろいよ」っていうくらいの感覚で、これからはやっていけそうだ。

城峯山の隣のコブの名は鐘掛城《かねかけじょう》とある。

城峯山には平将門が隠れ住んだという伝説があって、これもそれに関連した地名らしい。

乗越して、なおも門平《かどだいら》の集落に向けて尾根道を歩いた。

傘のはしが左右の杉の枝にふれると、そのつどシャワーの洗礼をうけた。

つゆでぐっしょり、道はすべるし、足はぬれる。

足もとには見覚えのある花がいくつか咲いていた。

天を向いた白く丸い花びらは水滴を眉間で受けてひっきりなしに揺れている。

思わず立ちどまった。

この花の名は確か上高地で教わったはずだ。

一時は覚えていたのにもう忘れてしまった。

（あれ、せっかくきいたのに……）とちょっと思ったが、これはパターンとしてそう反応しただけで、実はたいして動揺していない。

今、ぼくがこの花からなにかを感じていること、丸ごと交感していること自体に意味があるので、それに比べれば花の名、木の名という事実を知ることは別にたいしたことでもなさそうに思えた。

道は下りになり、高圧線の鉄塔の基部から門平の集落にとびだした。

ここは何度も来たことがある天上の隠れ里だ。

江戸時代から立っている高札場の横でザックをおろし、一呼吸いれた。

雨は山の上だけだったらしく、ここで傘もいらなくなった。

鳥も鳴きだした。

ただし、その鳥の名はもうわからなかった。

それはそれでいいが、少し不安にもなった。

上高地から美ヶ原、八ヶ岳あたりでいくらでもききわけられたのは、それだけぼくの体が自然界の波長とうまくあっていたということかもしれない。

ぼくはすでに着地の体勢に入りつつある。

家族の待つ長瀞は近い。

そこでまた暮すための心の準備や気配りが心の奥で始まっているらしい。

そしてその代償として、自然界と交感するなどという、人間社会では不要の能力はじきになくなってしまうのかもしれない。

しまいには、鳥の声を鳥の声とも意識しなくなってしまうのかもしれなかった。

門平からは車道になった。

両側に青いアジサイ、白いアジサイが咲いている。

下の集落と境になる暗い杉林を抜け、山地は終った。

あとは細い沢筋沿いのバス道路を歩くだけだ。

水潜寺《すいせんじ》に着いた。秩父札所の三十四番、結願の寺だ。

札所巡りの旅の最後の寺が一番奥の不便なところにあるのは無意味ではない。

「終った、終った」といっても華やいだ気分にさせてくれるものはあたりになにひとつなく、自分一人、心の中で「終った」とポツリとつぶやくだけだ。

しかし、なにかをかみしめるにはこの方がふさわしい。

沢の横の斜面、どちらを向いても緑の崖の下の方に水潜寺はチョコンとあった。（どうしようかな）と思ったが立寄り、これも（どうしようかな）と思ったが本堂で頭を下げた。

横の崖には洞穴があり、中を水が流れている。水潜寺の名の由来で、札所巡礼を終えた人たちはこの中を胎内くぐりとして通り、俗界に戻るのだ。

これも（どうしようかな）と思ったが、体を縮めてくぐった。

一〇メートルほどもあった。

また歩くうちに雲間から日が射してきた。

谷底の道は風が抜けず、息苦しいほど湿度が高い。

それでも少しずつ空間があきだし、日野沢と荒川本流をわける小さな尾根のはしを乗りこえて、上長瀞にでた。

一日めに渡った親鼻橋のらんかんが見えている。

ちょくちょく行くパチンコ屋の前を横切ったあとは、わざと国道でなく、川沿いの桜並木から岩だたみの上を行くことにした。一〇分ほどの遠まわりだ。

妙なものだ。

美ヶ原での気持はどこへやら、ぼくは旅が終るのをもったいながっていた。

また、いつ、こういう旅にでられるかはわからない。

これだけあふれるほどの自由時間を、いつ、また手に入れられるだろう。

帰れば、ぼくはまた長瀞のなぞなぞ工房の杉山さんに戻る。

ぼく自身がオーナーとはいえ、帰属先に復帰するには違いない。

どんなに勝手きままにふるまうつもりでいても、どこかで世間の持つ「なぞなぞ工房の杉山」のイメージに、また、ぼく自身が持つ「なぞなぞ工房の杉山」のイメージに、自分を重ねあわせ、いくらかでもそれを演じることになるのは避けられない。

今だってぼくの実体はここにあるが、家族・友人・知人のイメージは「長瀞のなぞなぞ工房の杉山さんは旅にでていて留守」に違いない。

ぼくの虚像が長瀞で留守番をしている。

そこに魂を入れに戻る。

旅の途中でちょっと思いついて試作してみたいおもちゃもあるし、ものを作るのはストレートに楽しい。しばらくはワクワクしてやっていけるだろう。

だがそのあとの安定した楽しい日常とひきかえにくる安定した少々のゆううつもまた予測できて、少しだけ歩みを遅くさせた。

今日は日曜日で岩だたみには大勢の家族連れが来ていた。お昼時なので、そこかしこにビニールシートをひろげて弁当を食べているグループもある。

小滝の瀬の横でライン下りの舟に抜かれた。

コース中一番の急流だから、客の悲鳴があがった。

横の男の手を思わず握る若い女の子がいる。

青い水が岩にはじけて白いしぶきに変る。

数秒後、舟は秩父赤壁《せきへき》の下の瀞に入った。

動と静、予定されたスリルを終えて客たちの顔に笑いがでた。

一ヶ月前と変らぬ川の光景を見、みやげもの屋街を過ぎて長瀞駅にでた。

駅前には一人で時々行く喫茶店がある。

なんとなく入った。

もう、工房までは二、三分だ。いそぐことはなにもない。

顔見知りの店のおばあさんが、ぼくのザックに目をやりはしたものの、いつもと変らぬ品のよい笑顔で、「お天気になってよかったですね」と挨拶してくれた。
ぼくが一ヶ月前に長瀞を離れ、北陸まで往復し、今も旅路の途中とは知るよしもない。
小さめのカップに入った熱いコーヒーをすすり、目を宙に向けて大きく息を吐いた。
まだ解いていない宿題があった。
ぼくはこの旅でなにをしてきたのだろう?
地図を見るだけなら、長瀞から北陸地方まで往復した。
でも実感としての折りかえし点は美ヶ原にある。
あそこから「帰路」を意識したのだ。
なぜ、帰る気になったのだろう。
あそこを境に前半を問いの旅、後半を答えの旅としていいのだろうか。
そうではない。
今まさに旅の終りにきてぼくはあいかわらず、答えを得ていない。
まだ問いの旅なのだ。
だが美ヶ原で答えを解く手がかりを得たという気はする。

確かに「ひとつ登った」手ごたえがあった。

旅にでて最初の数日、電車や車に乗りなれて甘やかされてきたぼくの体は登り坂に泣き、荷物の重さに泣き、足の豆に泣いた。

頭の方は頭の方で見えるものをすべて情報・知識としてとらえたがり、とにかく意義づけようとした。

頭と体の間には互いに理解がなかった。

そういう両者が、頭のためには長いフリータイムが与えられることで、体のためには何百キロか歩くことで、いらないものがそげおち、必要なものがきたえられてきた。

両者は少しずつ強くあらわになり、最後に松本からの真暗な夜を歩き通し、朝日を浴びながら斜面を登ったところでとうとう回路がつながった。

まずぼくの頭と体が調和することが、なにを問うにしろ必要で、その資格を得るのに二三日間かかったのだ。

ここに来てぼくはなぜ自分がいつも「意味もなく走る子ども」にひかれるのか悟った。

おもしろさや美しさを体で感じ、損得抜きで動きまわる子どもを、ぼくはうらやんでいたのだ。

もちろん、だから子どもにもう一度戻りたいとはいわないが、大人になることで得たものと同じ量だけ、子どもでなくなることで失ったものがあるには違いない。けっこう本質的なものも含めてだ。

二三日めにぼくが着いたところはもちろん悟りの地ではない。しかし、悟りにつながる長い長い荒野にでるための最初の峠ではあったと思う。

もし自分の中の「自由」とか「真実」というものに殉じる気なら、ぼくは峠を向こう側に越えなければならなかった。

ほんとうに旅に生き、旅をすみかとする思想はそこから始まる。ハードで保護されない、社会体制の向こう側だ。

きびしくさびしいけれども、宇宙との一体感に満ちた世界に違いない。

かつてブッダが、西行が、芭蕉が、愛をもってとどめようとする家族やもろもろの声をふりきって、この峠から向こう側にトボトボと歩いていったのだ。

その先、はるかかなたまで。

この峠はまた、罠のふちだ。

ぼくは罠のふちまで行って、罠の外をのぞいたのだ。それがぼくの旅だった。罠からのがれるためには美ヶ原から東の長瀞側へでなく、別の方向に下ればよかった。

そのあとは家族や知人と連絡をとらず、放浪に身をやつすことになる。はげしいがまた実り多い世界だと思う。だが、ぼくにはそんな勇気はなかった。ぼくは峠まで行き、ちょっとだけ向こう側を見て、また同じ側におりてきたのだ。あたたかい罠の中へ。

罠はもちろん、家族・地域・国で構成され、もたれあって暮すこの社会体制であり、ぼくを含めてその便利さと合理性を支える一人一人の意識の中にある。

妻と子と友人のいるこの町に戻ることは同時に世帯主に戻ることであり、金と政治と法律とメディアと文化が渦巻くこの社会体制に戻ることに他ならない。

もっと無惨にいうなら、ぼくは罠のふちまで歩いただけで、最初から最後までそこからでていない。

旅行を趣味とする多くの人となにも違わない。

自然の中を歩くこともすでに「アウトドアライフ」とか「フィールドワーク」という言い方で体制に認知され、風俗化しつつあるし、峠の向こうにおりない以上、冒険をよそおったリフレッシュ休暇の域をでない。

物わかりのいい会社の社長なら「うん。そうやってガスを抜くことが、また元気に働くコツですよ」とほめてくれるかもしれない。

旅から戻ればまたぼくはおもちゃを作りはじめ、細々と日々の生計をたてていく。時に体制批判や地域の運動に加わることはあろうとも、しかしたいがいはこの社会の常識の範囲で笑ったり怒ったりしながら生きていくだろう。

ぼくは決してそれをいやがっていない。

どこまで行ったって「体制」のない社会はありえないし、いつも気のついたところでやれるだけのことをするだけだ。

一人だけが真実に生きたり、自由をめざしたりすることをじゃましあうこの罠の中にぼくの道はある。

その中で具体的にどう生き、どう闘おうというのかはまったくわからない。

しかし、ぼくはぼくの力を信じていいような気がする。

少しは成長した気もする。

漠然とした、だが揺るがないこの想いが旅のおみやげかもしれない。

きっとこれでいいのだと思う。

だが、と思うことはある。

ぼくはついに芭蕉にはなれない。

どんなに尊敬してもああは生きられない。

「この道」をどこまでも一人で自分の内なる声に誠実に歩いて行ったあの人にとうてい及ばない。

そのことは自分に言いきかせねばならない。

悲しくないといえばうそだった。

喫茶店のテーブルにほおづえをついて、しばらくゆらゆらと考えていた。

やがてゆっくりゆっくり（さあ、帰ろう）という気持がわきあがってきた。

ここに寄ってよかった。

大勢の人が見える中でのたった一人の自由の場、喫茶店がぼくのみそぎの場だ。

ここからぼくは俗界に戻る。

ちょうど着いた電車からおりてきた観光客と一緒に、宝登山神社の大鳥居をくぐり、参道沿いのなぞなぞ工房の看板の前に立った。

「ただいまー」とどなった。

「あ、おとうさんだ」という声がして、すぐに朋子がとびだしてきた。

隆もでてきた。

真紀子も玄関の上り口でニコニコしながら迎えてくれた。

「おかえりなさい」につぐ最初の感想は、「わあ、やせたわね。その方がいいわよ」だった。

そうか、やせたか。

毎日の変化は少しずつだから自分ではわからないし、正直言ってダイエットのことは忘れていた。

やせたのはあくまで結果だし、ほめてくれるならもう少し別のところをほめてほしい。

と理屈っぽく思ったのも一瞬で、すぐに朋子と隆にだきつかれ、ゲラゲラ笑うふつうのおとうさんに戻った。

今夜はパーティだ。

六月二八日・夜　長瀞

隆の誕生日祝い兼ぼくの帰着祝いのパーティが終った。

食器を洗い、子どもたちと風呂に入り、絵本を読んでやる――ぼくの日常が戻ってきた。

「まあ、飲もうよ」

「うん」

子どもを寝かしたあと、あらためて缶ビールが二本、冷蔵庫からだされた。

さっきの残りのサラダやスパゲッティがひとつの皿に盛りなおされて再登場した。

久々に真紀子と向かいあうと、「旅にでたい」と頼んだ三月の晩のことが思いだされた。

あの時、「ま、いいか。私は私で遊ぶわ」と明るく言った真紀子の一言にどんなにぼくは楽になれただろう。

長いつきあいで手の内はわかっているから、あの時「そんなあ。残された家族の暮しはどうなるの?」とか「危ないからやめて」とかのミもフタもない言い方はしてこないと思っていた。

でも逆に、「大丈夫。安心して行ってらっしゃい。留守の間は私がしっかり切りもりしているから」などとけなげに言われたら、やはり負いめにつぶされて、計画自体をとりやめるか、旅にでてもそうそうに引きかえすかしていただろう。

そしてあいかわらず一人でほおづえをついて、いつの日か自由に遠い地を旅するもう一人の自分を夢見つつ（でも家族だっていいもんさ）と自分を慰めていたに違いない。

確かに家族が一緒にいるのは悪いもんじゃない。

でも一人で過ごすのも悪いもんじゃない。

ここが最大のしがらみだった。

それを真紀子は「自らも負けずに遊ぶ」と悪妻の役を演じることで、むしろぼくを押しだすような返球をしてくれた。

おかげでぼくは自己をむりやり正当化することなく、むしろ世間には感心されそうもない悪さを楽しむくらいの感じででかけることができた。

息がしやすかった。

まだ、ぼくには旅の余韻が十二分に残っていた。

だからテーブルをはさんで妻と向かいあうというきわめて日常的なはずの光景がとても新鮮で、劇的だった。

ちょっとままごとにも見えた。

でも、そのとまどいをじょうずに伝えることばが思いつかなかったし、悪いような気もしてだまっていた。

だまっているといえば昼過ぎからまだ、旅の話はなにもしていなかった。

夕食の時間はほとんど、この一ヶ月の間の子どもたちの話、保育園の話、大島での話にあてられた。

旅の間、ぼくのイメージの中の家族は静止していたが、もちろんそれは幻想で、家族には家族のドラマがあった。

誰もが主役なのだった。

そして今度はぼくが話す番だ。

だがなにから言いだせばいいのかわからない。

夕方挨拶に行った近所の友人のところでは「お帰りなさい。なんかおもしろい話、ありましたか？」と単刀直入に尋ねられてことばにつまった。

旅の小さな失敗談をいきなりしてもしかたない。

なにかこの旅を象徴するようなエピソードがあればいいのだが、思いつかなかった。

昨日、霧雨の土坂峠で見たクモの巣の美しさはよく覚えていた。

だが、クモの巣自体はどこでも見られるし、ちっとも珍しくない。

しいておもしろいといえば、そんなものに足をとめ、感心したりするようになった自分の視点の変化自体だが、それを話すためには長い前置きが必要だ。じょうずに話せる気もしないし、相手もそんな重い返事を期待しているわけではない。

「うん。いろいろね……」と言っただけで、ことばを飲みこんでしまった。

真紀子のコップにビールをそそぎながら、夫婦らしくぼくはまず収支報告からはじめた。

総費用は七万円弱だった。

一日二〇〇〇円ちょっとの計算になる。

もちろん上野村の民宿のようにわざわざぜいたくするつもりで泊まったところもあるから、もっと安く上げることもできた。

でも客観的にみればよくやったと思う。

それから何百回となく開かれたり閉じられたりしてすりきれそうな中部地方の地図をテーブルにひろげ、歩いてきた道を指でゆっくりとたどってみせた。

泊まりの内訳は民宿二泊、友人宅一泊、サウナ一泊、徹夜行二泊、野宿二一泊だった。

圧倒的な野宿の回数に真紀子はすなおに感心してくれた。

それだけ話すと、もう報告は終ってしまった。

ビールを一口飲みこむと、ぼくはわざとおちゃらけて言った。

「どう？　ぼくはけっこう、かっこいいだろ？」

真紀子はこれもすなおに笑った。

いい気持だった。

もちろん、真紀子の協力がなければこの旅は成りたたなかったのを承知で言うが、ふつう、家庭を持つとこういう無茶はできないことになっている。

だからこそ「冒険は若者の特権」とか「海外に行くなら独身のうち」と喧伝され、そのレールの上で若い人は「今のうちだ」とばかりに「自由な旅」に競ってでる。

でも自由な旅はいつでもできる。

三〇になっても四〇になっても五〇になっても、もちろん妻子持ちでもできる。

子どもの頃、考えていたよりも一〇年も遅くなったが、とにかくぼくは自分の中の子ども的なものに対して義理を果たした。

そのことについて、ぼくの中のいろいろな自分が、〈ぼく〉が、〈彼〉が、みんな拍手をしていた。

いい気持だった。キューーッとビールをあおった。

そしてぼくの旅は終った。

あとがき

この旅にでたのは一九八七年の六月だった。

旅の途中、おもしろい光景にでくわすと小さなスケッチノートに絵を描き、テントの中で日記・金銭出納帳・食事の記録をつけた。

本文はそれらをもとにゆっくりゆっくり書きあげた。

正確に言うと草稿は旅から帰って半年くらいで一気に書いてしまった。

だがそのほとんどは事実の羅列と決り文句に終始していた。

旅のつれづれの自分の心の動きを的確に文字に直す力がぼくになかったからだろう、

自分で読みかえしてもおもしろくなく、結局放りだしてしまった。

そのうちに他の本を書いたり、おもちゃの注文に追われたり、思うように時間がとれなくなってきたが、それでも気がつけば深夜に机のひきだしから草稿をひっぱりだし、一枚でも二枚でもと書きなおす作業を続けてきたのは、ぼくにとってこの旅がなんとも意義深く愛着のある日々だったからに他ならない。

旅から出版まで六年もかかった。

だがそのおかげで一見おもしろそうだが実はどうでもいいエピソードは風化して落ち、事件というほどのこともないのに自分にはインパクトの強かった話だけが残って三〇〇枚におさまった。

かえって良かったと思うし、そういう意味では今までぼくが書いたものの中でも一番誠実な本になったと思う。

最後にどうでもいい話をつけくわえるなら、糸鋸の前にすわっておもちゃを作る日常に戻ってぼくはまた太った。

でも大丈夫。いざとなればぼくは自分の体を磨き、自分の体を自分の体として装着しなおすことができる。

そのやり方はもうわかっている。
などと、遠く旅の空を思いながら、今日もおもちゃを作っている。

一九九三年三月

杉山亮

新装版のためのあとがき

径書房のお骨折りで、とっくの昔に書店の棚から消えていた『ぼくは旅にでた』が、ふたたび世に出ることになった。

三三歳のときの旅の話を六年がかりで原稿用紙に刻みつけた、ことのほか、思い入れのある本だからとても嬉しい。

今回、このあとがきを書くためにひさしぶりに目を通して、水路を走る雪解け水のように、血が元気よく流れていた、あの心底自由な旅の日々をなつかしく思い出した。あるのは「一ヶ月したら帰る」という約束だけで、目的地すら定めない旅だった。

山も川も都会も村も関係なく、着いたところから向こうを見て「おもしろそうだから もっと遠くに行ってみよう」と、心がささやくままにひたすら歩き続けるという、見ようによってはとても青臭く、しかし真っ正直な旅だった。

ふつう、旅の計画は「〇〇に行きたい」と、具体的な目的地を思い描くところから始まる。

だが、たとえば「東海道を東京から大阪まで歩こう」とか「百名山を一気に登ろう」とかの目標を先にたててしまうと、あとはそれを達成できるかできないか、勝つか負けるかという根性試しに、旅の意味がすりかわってしまいかねない。

そうではなく、純粋に「ここではないどこかへ行きたい」と思ったから「ここではないどこかをさがす」という旅をしたかった。

やってみてわかったことだが、目的地がはっきりしないまま歩くのは、自分の体と心と頭が常に相談し、三者で折り合いをつけながら動かねば納得のいく旅にならないので、気ままどころか、むしろハードだった。

山頂でも遺跡でも岬の突端でもなく、立て札もなにもないところに「ここが自分の目的地なのだ」というなにかを見出すためには、そう感じられるようになるまで、さんざん歩くことを通して、心が研ぎ澄まされる必要があるからだ。

だが、ハードではあるにしても、今、自分が乗っている「暮らし号」というバスが自分の行きたい方向と違うところに向かっているかもしれないという気がしたら、降りてみるしかない。

そのバスが仕事号であれ、家族号であれ、なかなか快適な乗り心地であったとしてもだ。もちろん、そうとわかっていても、きりのいいところまで乗って行けばいいとか、乗り心地がいいならそれでいいじゃないかとかの要領のいい考え方もあるのだが、あの時のぼくは野原の真ん中で降りてしまった。

こまかくいうと、乗っているバスの方向がそんなにまちがっている気はしていなかった。自分で選んだおもちゃ作りの仕事は楽しかったし、人がしない仕事を選んで、形にして食べていくおもしろさも十分あった。

ただ、そんな生活がいくらか軌道に乗ってきたのをいいことに、世間の常識という道路を走っていくバスにこのまま乗っていればなんとかなりそうという状況が、自分が自分らしくなくなるようでちょっと不安であり、不満でもあったのだ。

だからあえて一度降りて、一人で自分とあたりの関係を確かめるように歩き、確認すべきものを確認して、一ヶ月後にまた家族が乗っているバスに合流したというのが、あの旅の形だったと思う。

その結果、世界には上り坂も下り坂もあるが、自分が体を動かしさえすればどこまででも行けるという当たり前のことがわかった。

もちろん、道が行き止まりになったり、大雨に打たれたりして泣きたいときもあった。

だが、ピンチに陥ることで、逆に自分の中で眠っていた力が起きだし、怠けていた力が鍛えられていく感覚を味わえた。

おかげで、自分ならなんとかなるというささやかな自負心が生まれ、今でもひそかな誇りとなってぼくを支えている。

宝物のようなまぶしい日々だった。

初版をだしてから、時が降り積もって二〇年の歳月が流れ、ぼくは五九歳になった。

あとはその後の二十年の暮らしぶりを少し書いて、あとがきのかわりにしたい。

まず、当時の仕事だったおもちゃ作りから児童書作家に職替えした。

幸運にもたまたま書いていた子ども向きの原稿をおもしろがってくれる編集者がいて本になり、それからあちこちで仕事をもらうようになったのだ。

さらに、あちこちの小学校や図書館で、昔話や創作話の語りのステージをさせてもらうようにもなった。

おおまかにいうと、ぼくは学校を出てから保父として出発し、保育の国からおもちゃの国に入り、さらに児童書の国を横切って、今、物語の国にいるということになる。

ざっと一〇年ごとに仕事を変えてきた。

だが、最初から今の仕事をめざしていたわけではない。

職替えの動機もまた、この旅の時と同じ「あっちの世界がおもしろそうと思えたから」だ。おもちゃの国は保育の国に入ったから見えてきた世界だし、本の国はおもちゃの国の峠について初めて反対側にひろがった景色だった。

そしてすべての結果として、ぼくは今、五九歳になり、ここにいる。

こう並べて書いてみると、たしかに、旅と人生は似ているところがある。

だが、もちろん別物だ。

旅は帰宅するところで一応完結するが、人生は常にまだ途上だ。

あいかわらず旅は好きだし、その後も大小たくさんの旅をした。

キリマンジャロのてっぺんにも立ったし、北極圏でオーロラも見たし、ネパールの山里を歩いたりもした。

町も自然も無条件に楽しい。

だが、それらはいくら冒険的に見えても、ぼくの中の「お楽しみ」でしかない。

旅がぼくにとってそういうものであること、そしてぼくの資質がそこまでであることは、この三三歳の旅のとき、予見した通りだった。

ぼくはついに旅を人生にかさねあわせる芭蕉や西行のような生き方はできそうにない。折々に日帰りで登る八ヶ岳のいただきから見る、彼方の山々の景色は明るく清冽で、しかし少し哀しい。

そういえば、住むところも谷あいの埼玉県・長瀞から、山梨県の小淵沢の、八ヶ岳をのぞむ高原に変わった。

家は目の前を鹿の群れが駆け抜けていく草原に建っている。

偶然だが、このときの旅で清里から富士見に抜ける途中で通ったところだ。なぜ、ひっこしたかといえば、四〇代の終わりかけのある日、夫婦でたまたま「自分たちの幸せとはなんだろう?」という話になったとき、「広いきれいな自然の中で包まれるのが幸せだよね」ということで意見があってしまったからだ。だとしたら、ぼくたちは幸せになりたくて生きているのだから、新天地を求めてひっこすしかなかった。

旅のとき、四歳と二歳だった子どもたちは、とっくの昔に成人して家を出て、また夫婦二人の静かな暮らしに戻った。

この旅のどこかで「昔はよく登ったけれど、もう引退です」とにこにこしながら、その山のふもとで暮らすおじいさんに会った。

そのときには(それで満足できるものかなあ。それで楽しいのかなあ)と疑問に思ったが、そういうことが理解できる年齢に確実に近づいているようだ。

本を書くようになると、よく、あちこちの図書館や公民館で講演の仕事をいただく。照れくさくも晴れがましくもあるが、初めての街を訪れるのは興味津々だし、日程がおりあえばおじゃまさせていただく。

　すると、時に、この旅で歩いたところを迎えの人の車で通過することがある。

　そんなとき、運転してくれるスタッフとの会話もそこそこに、ぼくはつい、助手席から車窓の風景に目をこらしてしまう。

　なんとなく覚えている景色もあるのだ。

　そして、そんなことはありえないが、ずっと見ているとなぜかほんとうに、なにもない舗装道路の路肩をふところ具合と今夜の泊るところと天気を心配しながら、若い自分が汗びっしょりになって歩いているような気がしてくるのだ。

　そしてそんな自分に「それでいいんだよ。あのとき、がんばってくれてありがとう。おかげで今のぼくがあるよ。グッドジョブ！」と、親指をたててやりたくなってしまうのだ。

二〇一三年三月　　杉山亮

ちくま文庫版のためのあとがき

三三歳の時の一人旅の話をちくま文庫に入れていただくことになった。

お金はないが足の向くままにどこまでも歩き続けた。肺の底から自由で思い出深い旅なのでしみじみ嬉しい。

文庫化にあたりタイトルを『ぼくは旅にでた』から『子どもをおいて旅にでた』に変更した。

それについて思うことを書いて、あとがきとしたい。

タイトルを見て笑いだす人もいれば、もしかすると不快に思う人もいるかもしれないが、もちろん「親のみなさん、子どもを置いて旅にでましょう」と奨励しているのではない。

「そういう旅をしました」というだけだ。

でも、親が一人旅に出るというのは、自動的に子どもを置いていく事になる。

今まで誰もことさらに言ってこなかっただけで、子どもを妻に（あるいは夫に）まかせて旅をしてきた人は大勢いるだろう。

その視点を加えた方が、子持ちの大人の旅の真実を言いあてているように思えたのでタイトルを変更することにした。


ぼくは学校を出てからずっと子どもにかかわりある仕事をしてきた。保父になろうと思ったのは一九歳の時で、ちょうど五〇年前だ。

まだ男の保育者は法律で認められていなかったので、入れてもらった保育専門学校では、女性一二〇人のクラスの中で、たった一人の男性として二年間を過ごした。

首尾よく保父になると、今度は新聞やテレビが次々に取材に来た。

必ず「なぜ、男なのに保育の仕事を？」と質問され、どう答えようか考えているうちに「お子さんが好きなんですねー」と勝手にまとめられたりした。

しかし表向きには「男も家事や育児をすべきですよね。ご立派です」と持ち上げられたが、一方で「それは大の男のする仕事か？」と揶揄されたこともあった。

（今はさすがにそんなことは言われないが、「育児は女の仕事だ」という思いこみに蔑《さげす》みを加えたひどい視点で、しかも当時はそれがけっこうふつうだった）

それに対してその頃、保父を志した中には「妻が女性解放運動をやっていて男として贖罪の意味で」という人もいれば、「エンゲルスの『家族・私有財産及び国家の起源』をテキストに勉強会をやろう」という人もいた。

こちらはこちらで「男も家事・育児をすべきだ」と主張しつつ、でもその意義をどう言葉にしたらいいかわかっていなかった。

ぼく自身は「なんとなく深くておもしろそうな世界だから」という理由で保父になったのが正解で、今なら堂々とそう言うのだが、やはり当時はもっともらしいことをいわなければいけないと思っていて、後付けでいろいろな言葉を弄した。

当時のぼくは理屈で相手をやりこめるのが好きな、めんどうくさいやつだった。とはいえ、実習で近くの保育園に行けば、乳児のおむつかえやおもちゃの消毒に追われ、その日の日課をこなすのにいっぱいだし、理論を勉強するひまがあったら壁の装飾をしたり、明日の工作の準備をする方が実践的だった。

高尚な理屈が今、目の前にある子どもの現実とどう結びつくのかまったくわからなかった。

子どもが一〇〇人いれば一〇〇の事情があったし、保育はすべて現場に始まり現場に終わった。

そんなわけで保父になり、園児の母親や同僚の保母から話を聞く機会は多かったから結婚した時、ちゃんと家事も育児もやろうとはこころがけた。

実際にやったのは、妻が料理を作ったら皿洗いをし、子どもが生まれたら風呂に入れたり絵本を読んだりするくらいのことだったが、〈男だからとふんぞりかえってはいけない。女性に理解のある、よい夫であろう〉という意識だけは他の男性より強かったと思う。

最初のうちは「妻がこれとこれの家事をしたから自分はこれをしなければ」とか「ぼくが洗濯をしたのだから掃除は妻がしてくれるだろう」とか、心の中で勘定していた。

正直、妻の前で点数稼ぎをしているようで疲れた。

今でもイクメンを自称する男が「風呂に入れるのは自分の仕事です」などと笑顔で言うのを聞くと「それを免罪符にするな」とつっこみたくなってしまう。

もちろん、相方が楽になるし、やらないよりはいいのだが、それだけではたりないという気もするし、一番大事なのはそこではないという気もする。

そのうち、わかってきたのは、自分は子どもといるのも好きだし、妻といるのも好きだし、一人でいるのも好きだということだ。

しかもどれにしろ、それがずっと続くと疲れたり飽きたりする。そして、それは妻も同じらしかった。

保父からおもちゃつくりに商売替えし、昼間、子どもを保育園に預けて六畳と四畳半の工房を兼ねた小さな借家で木のおもちゃを作っていると、妻とずっと二人でいなければならない。

この時つらいのは糸鋸《いとのこ》を扱って自分のペースで仕事するぼくよりも、することのないまま室内にいる妻の方だと思う。

塗装や包装は妻の受け持ちだがそれはぼくが作業を進めない限り発生しない仕事だ。若い妻には（今すぐすることがないのなら自分は読書をしていればいい）という胆力はまだ、なかった。

そしてぼくもまた、自分だけが仕事をする時、微妙に世帯主の甲斐性を感じて満足したり、逆になにもしていない妻にやはり微妙に不満を感じたりした。

だから夕方になって保育園に子どもの迎えに行く時は、どちらが行くか微妙なかけひきがあった。

基本的にその時、手の空いている方が行くのだが、運転をする一〇分程度の時間が貴重な自分一人の時間だからだ。

「自分が子どもの迎えという家事をやります」と申告してポイントを稼ぐようでいて、けっこう嬉しい時間だった。

そしてそれはまた妻も同様だった。

この本のぼくの旅は、そんな具合に、まだ連れ合いとの距離をじょうずにとれていない若い夫婦時代の話だ。

もちろん、ぼくは妻に気兼ねがあった。だが、この旅の出発を決めたあの日のことを、このあとがきを書くにあたって先日、妻に訊いたら、

「でも、家族の一人がなにかに不満を持っていて、その不満を解消しないまま家にいられたら、そのもやもやは他の家族に伝染して全員が不愉快になるわけだし」とサラッと答えた。

「それに一人で子どものめんどうを見なければならないのは確かだけれど、子どもが寝た後はもう誰もいなくて完全に自由だし」とも付け加えた。

アリバイ的に互いに縛りあって平等な夫婦を装っても、いいことはないというのだ。子どもを持った以上、やりたくなくてもやらねばならないことは必ずある。どうしたって、夫婦で手分けしてなんとかしなければならない。

特に母乳で育てると決めたらその期間、妻は睡眠時間も断続的になり、負担がかかるのはどうしようもないことで、そこで夫が「おれだって仕事で疲れているんだ」などというのは、言い訳にもならない。

命を育てるのは人生最大の事業なので、そこは夫の全力サポートで妻にがんばってもらうしかない。

でも、それはそれとして、夫婦になったおかげでお互いがもっと楽しく自由にやりたいことがやれるようになる方法を考えていかない限り、せっかく夫婦になった甲斐と喜びがない。そこに着地点をさがせないと、たいていは子どもの成長の方に喜びを見出し、夫婦の喜びを、父親母親としての喜びとすりかえて生きていくことになる。

ぼくは妻の見識のおかげであまり後ろめたくなく旅に出られた。そして、たぶん自分の不完全に感じた部分をいくらか修正して戻って来られた。

現にこの旅以降、ぼくは次第に自分を自分の様々な思いを「ぼく」だの「かれ」だのとめんどうくさく分けて考えることがなくなった。

今のぼくの中には「ぼく」も「かれ」もなく、ぼくはひとつの「ぼく」としてぶれずにいてストレスがない。

時の流れの中で「ぼく」も「かれ」もいつのまにかひとつになっていったのだろう。ぼくがこの旅をした事で、ぼくの基礎点は確実に上がり、それは家族全体の総合点をあげることにもつながったはずだ。

家族の誰かが家族をいったん離脱して鍛えなおして再合流すること。そういう事も時に家族には必要で、あっていいのだと思う。

これはそういう旅だった。

だからこの本のタイトルは「家族をおいて旅にでた」でもよかった。

ただ「かわいい子には旅をさせよ」ということわざに対比して「親だって旅で成長する」という意味で「子どもをおいて旅にでた」とした。


その後も旅はぼくの人生の重要な一部でありつづけている。

東京から長崎まで歩いたし、四国の八十八ヶ所は妻と二人で歩いた。

一人で旅に出るのも好きだし、妻と行くのも好きだし、友人と行くのも好きだ。

子どもが大きくなってからは娘の朋子とアジアの安宿バックパッキングをしたり、隆とネパールの山をトレッキングしたりした。

妻も同様、ぼくと行くこともあれば、子どもと行ったり、友人と行ったりしている。

妻がいない間はもちろんぼくが家を守る。

しみじみ、旅はいいと思う。

でも、今の年齢のぼくが三十代のぼくに「旅はいいよ。自分を成長させてくれるよ」と言ったら逆に「年よりくさい口をきく」と反発されていただろう。

きっとそうに違いない。

青くさくも見えるが、それはそれで必要な時代だったのだと、今は苦笑するのみだ。

今回の本のカバーの絵は偕成社の「名探偵ミルキー」シリーズで長年コンビを組んでいる中川大輔さんにお願いした。

アクション映画のような動きのある絵のファンも多く、今回も安心しておまかせできた。

解説は椎名誠さんと新沢としひこさん。

発売当時、まったく話題にならなかったこの本を椎名さんが「本の雑誌が選ぶ一九九三年度ベスト10」に選んでくださった事には、とても報われた気がして、今でも感謝している。

新沢さんとは四〇年近いつきあい。

日常の細部のできごとからなにかを柔らかくすくいとってくる天来の詩人なので、解説を書いていただけて嬉しい。

それからこの本の文庫化を快諾してくれた径書房の原田純さんと、ちくま文庫『子どものことを子どもにきく』に続き編集を担当してくれた筑摩書房の窪拓哉さんにも感謝を。

あとがきにあとがきを重ねて、これで本当の大団円だ。

二〇二三年五月

杉山亮

解説

椎名誠

長瀞の自宅を出て十日目頃に八ヶ岳を越えて芝平峠というところに着いたあたりだ。小さな廃村集落があった。かつて人が生活していて無人になってしまったところというのは、どこか生活臭が残っているのに人の姿はないから、真昼なのにあまり気持ちのいいものではない。

一軒の、床板も戸をはがれたような家の庭で旅人は庭に放置された錆のうきでた洗濯機を見つける。それを使っていた家主がはるかむかしに去ってしまっても、洗濯機だけが「殺気を放っているようだ」と旅人は怯える。

大きな犬の前を横切る時のように、緊張を押えこむように隠して素知らぬ顔で通過した。

背中にはっきりと洗濯機の視線を感じた。

汗をかいた。


——という描写がある。

この旅人の飾りのない素直な表現から察しられる、とても気だてがよく、そして賢い妻と、四歳と二歳の可愛いさかりの子供を自宅において「なぞなぞ工房」という木のパズルや迷路を作って各種お土産とともに売る店をなりわいにしている三十三歳の夫(であり父)が、とくに深刻でもなく強烈でもない動機によって、ある日家をでて、旅人となる。発端は唐突であり、ある意味ではまことに自分勝手な旅だちから、話は始まる。

この全体に静かな筆致でありながら、どこか人生的な苛立ちを内包したような旅人は、かつて登山家として幾多の山行を経験し、幕営やそれによるキャンプなども慣れているから、長旅のコツはそれらの体験からきちんとこころえている。

とにかく荷物はできるだけ軽く。シャツ一枚であってもザックに入れて持って歩くのは余分だというものだ。だからシャツは一週間着つぶして捨ててしまい新しいのを買う、という作戦をとる。重量の軽減と手間（洗濯など）の省略だ。季節は六月。雨は覚悟の上だが、山は夏にむかっていく。旅の時期を読む力も経験値にもとづいている。

けれど歩きはじめて何時間もしないうちに、そうしたかつての経験など何の役にもたたないことを旅人は全身で知ることになる。

山への登攀がきつい。十分歩いては五分休む、というおよそ登山経験者らしからぬていたらくに旅人は困惑する。若い頃からくらべてせりだし気味の腹も、そうした歩く旅にいつのまにか負担になっていることを否応なく知らされるのである。

けれどそれでも旅人はあえていくつもの山や峠を越えていくルートを選ぶ。当初登攀のきつさに驚いた旅人ではあったが、あえて土の道を、あえて起伏の激しい道を選ぶ。

旅人がそれを意識しているのかどうか、当人の思惑や独白のなかでは語られていないが、むかしの旅人と同じように自分の足で進んでいく方法に固執する。バイクや自動車で簡単にたちまち目的地に到着してしまう「現代の旅」にひたすら背をむける。この本の魅力の最初は、この「旅の方法」にあるといっていいだろう。

　今の日本は世界でも稀なくらい道路網の充実した国になっている。昼夜問わず、クルマは猛烈なスピードで突っ走っていける。

　どんな長距離を移動してもそれはもはや「旅」とはいえないだろう。

　ぼくはかつてチベットの四千メートルの高地でジグザグの道を走っているときに転覆事故を起こしたことがある。回った道路の角に長くて太い石が落ちて横たわっており、それに車輪をのりあげて転覆してしまったのだ。一回転だけですんだから生き延びたが、もう一回転すると百五十メートルの断崖下だった。もちろんガードレールもなく、石の倒壊を事前に知らせる道路監視体制もなかった。

　別の国に行ったら日本の道路を走るように無警戒で行くのは死につながる、という発見と体験をした。

　そのとき日本の道路は世界一メンテナンスの行き届いた（逆にいえばクルマ最優先の）特殊道路なのだ、ということに気がついたのだった。

本書の旅人は、クルマの走る舗装道路を極端に嫌う。それは簡単にいえば「人間が歩く旅の道としては非常に厳しく冷淡」だからである。例えば歩く旅人にとってはストレートに足に影響する。舗装道路は旅人の足にいくつもの豆をつくり、それが歩くリズムや進行速度にモロに影響する。だから旅人は、舗装道路のトンネルを行けば十分程度ですむところをその十倍かけて峠越えのルートを選ぶ。

こういう選択は、実際に足の裏から血を流して歩くことをしてみないと絶対にできないことであろう。

山の土のむきだしになったルートを行くことによって旅人は、いままでの都会生活では感じることのなかった、懐かしいむきだしの「自然」の風景や音や空気に触れる。そして読者は、そういうことの描写に心を和ませることができるのだ。

この本はだから、いたるところで不思議な魅力を読む者にふりむけてくれる。単なる登山記録だと、いかに苦しみながらもその登攀に成功したか、という奮闘記録として読んでいくしかないが、この本では、登山も旅のうちであり、峠も頂上も通過点でしかないのだ。

ひとつの山のピークを越えると、その山のむこうがわとは違った文化を継承し、価値観を育てている別の山里の人々の世界に入り込む。

そこは「山のむこうの何か」である。遠い昔から旅する人が抱いた視線の彼方への期待や失望が、現在も存在するのだ、ということを読者は知ることができる。

その山里にいたると、そこに住む人々の生活の断片をかいま見る。

いい描写がいたるところにある。


高山「飛驒の里」の春慶塗りの店で、旅人と同じ歳ぐらいの男が仏像の一刀彫りに集中しているのを見る。工程が一段落した頃、男が立ち上がって膝についた木屑をポンポンとはたいた。とたんにふすまの向こうから「おとーさんお仕事おわったあ?」という幼児の声がした。男がふすまをあける。奥の小部屋で三歳くらいの男の子がちょこんと正座して、一人で絵本のページをめくっているのが見えた。


旅人はそこでその一家の背景を少し頭に描き、なんだかわからないが（幸せになってくれよな）と思うのである。

それ以上のことは語られない。このとき旅人は長瀞に残してきた二歳の自分の息子のことに遠い思いがいたったのか、何も語っていないのでわからないが、こういうあっさりしたところがいい。

ここで、旅の哲学とはなにか、とか、旅と人生はどこでどんなふうにかかわるのか、などということを深く語られても困る。そういうものを飛び越えて、旅人はそのあと高山駅前のパチンコ屋で四百円の投資で六千四百円稼いだ、などという話を語ってくれるのである。

この本の魅力のもうひとつは旅先で出会う人や風物にたいする独特の視線だが、とくに効果的なのは、何か考えようとするとき「自分」と「彼」というような語りかたで、内なる思い、迷い、葛藤、などを思考のなかで対立させ分析しようとしていることである。

旅人が、常に考えているのは、なぜ自分はこうして旅に出たのだろうか、という単純な思いである。やむにやまれぬ動機があって野に出てきたわけではないのだから、その答えはなかなか見つけることができない。ここで強引に何かにこじつけて回答を求めようとすると、読む者は少々辛い気分になるのかもしれない。

三つめの興味は、安旅をテーマにテント泊に固執する顚末だ。一人の旅では無人の野でも町なかでも、ちょっとした郊外でも、テント泊はなかなか難しい時代になっている。ここでもある公園でテントを張って寝ていると、バイクで来た三人組の男がいかにも聞こえるような声で「国立公園にテント張るのは禁止だよな」などとまことに日本的なことを言う話が出てくるが、この国の「人間よりも規則大好き」の間抜けな構図がよく出ているエピソードだ。ぼくはこの旅のように一人でテントを張って、例えば日本を一周するような体験記本をかなり積極的に読んでいるが、日本人は、田舎に行くほど「よそもの」が公園などに寝ていることを警戒する。寺の境内などにテントを張りたいと申し出ると一番排除的なのが、本来、人を助ける立場にいるであろう寺であったりする。

この本の旅人にはあまりそういうトラブルがないのは、山を越えていく旅で、幕営が基本的によく似合っていたからなのかもしれない。私事だが、ぼくは南米などのキャンプ旅で一番怖かったのはアメリカライオンや毒蛇などよりも、山の中にいるネィティブであった。彼らにとって山の中で寝泊まりしている外国人は何を考えているかわからない恐怖の対象だし、こちらにとっても同じなのであった。そういう意味で宿泊トラブルがこれほど少ない旅は、この旅人の幕営地探しの目と、人柄のよさが関係しているのかもしれないと思った。

サブタイトルに「または、行きてかえりし物語」（編集部注　単行本版のサブタイトル）とあるように、この本の旅人はある地点で「帰る」場所をみつけ（たぶん）心のうちで何かを納得させて帰路についたのだろう。それをくだくだ書かないのもニクイところで、なかなかの名文が、読者にそのあたりのことをいろいろに考えさせてくれる素地になっているように思う。旅人は、帰りにはもうどこまでもいくらでも歩ける体力と気力を自分のものにし、出っぱりはじめていた腹もきちんとへこましていた。

初版から二十年経って再版しようとする径書房の心意気に拍手したい。そして本書はそれだけの意味と深みをもった作品である。

（しいな・まこと　作家）

二〇一三年三月

＊本書の単行本新装版（二〇一三年五月刊）に収録された解説を再収録しました。

ジャングルでアナコンダに出会ったりしなくても、こんなに心の充実した旅は出来る！

新沢としひこ

杉山亮さんとの出会いは、僕が大学生の時だった。当時、僕は保育園でアルバイトをしていた。そこの園の先輩男性保育士さんが「これを読んでみると良いよ。とても面白かったよ」と貸してくれたのが、杉山さんの最初の著書『保父さんの島だより』だったのだ。離島の保育園で働くようになった杉山さんと、こどもたちと、同僚の先生の姿がいきいきとみずみずしく描かれた、面白くて素晴らしい本だった。内容ももちろん面白くて素晴らしいのだが、文章がとても良い。読みやすく、思考が脳のすみずみをめぐっていくような感覚になる。良識的で健康的で理知的でユーモラス。この人は、頭と心を良く動かし、脳の使い方が気持ち良いな、と僕は思った。特に自分が何か行動を起こした時とか、問題に対処していった時などに、自分の心情がどうであったか、どう考えたかを、非常に的確に表現することが出来る。保育者としても魅力的だが、物書きとしてもその力量が素晴らしいと思った。男性保育者の先輩の中に、このような人がいるんだ、ということが僕には嬉しかったし、杉山亮氏は僕の憧れの人となった。その頃、保育現場で働く男子にとってバイブルのような本だなと僕は思ったし、みんなこの本を読んだら良い、といろいろな人に勧めたりもした。

その後、僕はこどもの歌を作って歌う仕事をするようになった。そしてある日、へんてこな木のおもちゃの作家「すぎやまあきら」さんに出会う。面白い人だな、と思っていたのだが、しばらくして「え！　あの『保父さんの島だより』の杉山さんなんですか?!」とびっくりした。僕は、実は「亮」は「りょう」と読むと思い込んでいて、全くの別人と思っていた。そして僕の中ではあの憧れのカリスマ保育士「杉山亮」はまだ島の保育園で働いているようなつもりでいたのだった。今は、おもちゃ作家になっている?!　そして、児童文学の作家も始めているという。

なるほど！　それはそうだ。あれだけの文章が書けるのだ、物書きになるのは当然の流れだろう。そして、僕は杉山さんと親しくなり、さまざまな保育セミナーでご一緒したり、長瀞《ながとろ》の杉山さんの工房におじゃましたり、交流するようになった。『保父さんの島だより』と出会ってから、もう四〇年の歳月。長いおつきあいである。

「こんな本だしたんだよ」とある時、杉山さんに本を手渡された。それが本書の単行本版の『ぼくは旅に出た』（径書房）だった。

「え、杉山さんこんなことしてたの⁇」「ふふふ」と杉山さんは笑っていた。

読んでみると、非常に面白く杉山さんらしい本だった。僕は、杉山さん本人を知っているので、そんなに不思議な感じはしなかったが、この作品は大変特殊な旅の本なのだった。

いわゆる紀行文、旅行記、というのは珍しい場所に行った時に書く。一般の人が行かないようなところに行った人が書くものと僕は思っていた。この本は、違う。日本の歩いて行けるところを歩いて行く話なのだ。これが杉山さんのすごいところなのだ。たとえばある冒険家が、冒険に出かけてその後、本を書くようなこともあるだろう。

その冒険家は情熱家で、未知の世界に飛び込んで行きたいという衝動がある。ヒマラヤだったり、アマゾンだったり、南極だったり。秘境を目指し、危険を顧みず、困難の中を突き進んでいく。考えもしないことが起こり、トラブルは続出し、さまざまなドラマが！　読者はハラハラしながらページをめくっていく。この本は、そんなところがほとんど無い。

計画的に、現実的に、予算的にも時期的にも体力的にも無理の無い旅を、可能な範囲で、家族にちゃんと理解を得て、旅を始める。誰も傷つけることなく、みんなに迷惑もかけず、犯罪すれすれみたいなこともなく、良識的にきわめて安全に旅を全うしていく。無軌道な、ハチャメチャなところが全然無い。そんな旅を始まりから終わりまで丹念に克明に書き綴っていく。かつてこのような本があったであろうか？

この本の面白いところは、主役が、旅で出会う驚きの新しい世界ではないというところなのだ。特別へんぴなところに行くわけでもないし、特殊な人間に出会うわけでもない。壮大な自然や、珍しい生き物に出会うわけでもない。そもそものような目的ではない。この本は、この旅を進めていく中で、杉山さんがその都度、何を思い、何を感じ、自分の心が肉体が、どう反応し、どう変化しているのか、どう成長しているのか、という記述を読むために存在している。読者は、杉山さんの目に映った外界の映像ではなく、杉山さんの内的なドラマをずっと味わうことになる。杉山さんの心の内側の旅を一緒にしていくのだ。

なんでもない風景の旅が続けば続くほど、杉山さんは存分に自分の心の旅を楽しみ、味わう。肉体の疲れも、痛みも、癒やしも、回復も、まるで身体が一緒に旅をする友のように描写されている。杉山さんの文章はずっと理性的で、文学的なのだが、それは野性的に暴走する自分を理性で抑えているのではない。良識にあふれた、慎ましい旅をすることによって、存分にのびのびと理性の筆が活躍しているのである。杉山さんはこの旅を通して、心身がリフレッシュしていく。それは、脳が深呼吸しているからだと僕は思うのである。読者も同じように脳が深呼吸する。これはそんな本なのだ。

杉山さんという人は、非常に面白い。洒脱で理知的で穏やかで、くだらないこと、冗談も大好き。そして面白がることが好き。人生を面白く生きるのが好き。そして平和的で良識的。この本には、そんな杉山さんの生き方、人生観があふれている。この旅は、自分の人生を面白く豊かにする杉山さん流の実験なのだ。この本が最初に出版された時、「また杉山さんらしいことやってるなあ」と思ったりしたけれど、時が流れて三三歳の時にこんな素敵な実験をやってのけて、羨ましい限り！　と僕は思った。
世界の珍しい場所、危険な場所に行って、珍しい体験をして、それを書き綴った本はたくさんあるけれど、このような旅を思いついて、このように美しく書き上げるのは「杉山亮」しかいない、と今回あらためて思わされた。七〇歳を過ぎたら、また新しい実験を思いついたりするのかな、なんて期待もしている。

二〇二三年六月

（しんざわ・としひこ　シンガーソングライター）

・本書は一九九三年五月に径書房より『ぼくは旅にでた　または、行きてかえりし物語』として刊行され、二〇一三年五月には増補新装版も刊行されました。
・文庫化に際して、一部加筆の上、新沢としひこさんの文章と「ちくま文庫版のためのあとがき」を加えました。

ねにもつタイプ　岸本佐知子

何となく気になることにこだわる、ねにもつ。思索、奇想、妄想はばたく脳内ワールドをリズミカルな名短文でつづる。第23回講談社エッセイ賞受賞。

TOKYO STYLE　都築響一

小さい部屋が、わが宇宙。ごちゃごちゃと、しかし快適に暮らす、僕らの本当のトウキョウ・スタイルはこんなものだ！　話題の写真集文庫化！

自分の仕事をつくる　西村佳哲

仕事をすることは会社に勤めること、ではない。仕事を「自分の仕事」にできた人たちに学ぶ、働き方のデザインの仕方とは。（稲本喜則）

世界がわかる宗教社会学入門　橋爪大三郎

宗教なんてうさんくさい!?　でも宗教は文化や価値観の骨格であり、それゆえ紛争のタネにもなる。世界宗教のエッセンスがわかる充実の入門書。

ハーメルンの笛吹き男　阿部謹也

「笛吹き男」伝説の裏に隠された謎はなにか？　十三世紀ヨーロッパの小さな村で起きた事件を手がかりに中世における「差別」を解明。（石牟礼道子）

増補　日本語が亡びるとき　水村美苗

明治以来豊かな近代文学を生み出してきた日本語が、いま、大きな岐路に立っている。我々にとって言語とは何なのか。第8回小林秀雄賞受賞作に大幅増補。

子は親を救うために「心の病」になる　高橋和巳

子は親が好きだからこそ「心の病」になり、親を救おうとしている。精神科医である著者が説く、親子という「生きづらさ」の原点とその解決法。

クマにあったらどうするか　姉崎等　片山龍峯

「クマは師匠」と語り遺した狩人が、アイヌ民族の知恵と自身の経験から導き出した超実践クマ対処法。クマと人間の共存する形が見えてくる。（遠藤ケイ）

脳はなぜ「心」を作ったのか　前野隆司

「意識」とは何か。どこまでが「私」なのか。死んだら「心」はどうなるのか。――「意識」と「心」の謎に挑んだ話題の本の文庫化。（夢枕獏）

モチーフで読む美術史　宮下規久朗

絵画に描かれた代表的な「モチーフ」を手掛かりに美術を読み解く、画期的な名画鑑賞の入門書。カラー図版約150点を収録した文庫オリジナル。

品切れの際はご容赦ください

ふしぎな社会　橋爪大三郎

第一人者が納得した言葉だけを集めて磨きあげた社会学の手引き書。人間の真実をぐいぐい開き、若い読者に贈る小さな（しかし最高の）入門書です。

承認をめぐる病　斎藤環

人に認められたい気持ちに過度にこだわると、さまざまな病理が露呈する。現代のカルチャーや事件から精神科医が「承認依存」を分析する。（土井隆義）

キャラクター精神分析　斎藤環

ゆるキャラ、初音ミク、いじられキャラetc.。現代日本に氾濫する数々のキャラたち。その諸相を横断し、究極の定義を与えた画期的論考。（岡﨑乾二郎）

サヨナラ、学校化社会　上野千鶴子

東大に来て驚いた。現在を未来のための手段とし、偏差値一本で評価を求める若者。ここからどう脱却する？　丁々発止の議論満載。（北田暁大）

ひとはなぜ服を着るのか　鷲田清一

ファッションやモードを素材として、アイデンティティや自分らしさの問題を現象学的視線で分析する。「鷲田ファッション学」のスタンダード・テキスト。

学校って何だろう　苅谷剛彦

「なぜ勉強しなければいけないの？」「校則って必要なの？」等、これまでの常識を問いなおし、学ぶ意味を再び摑むための基本図書。（小山内美江子）

14歳からの社会学　宮台真司

「社会を分析する専門家」である著者が、社会の「本当のこと」を伝え、いかに生きるべきか、に正面から答えた。重松清、大道珠貴との対談を新たに付す。

終わりなき日常を生きろ　宮台真司

「終わらない日常」と「さまよえる良心」――オウム事件直後出版の本書は、著者のその後の発言の根幹である。書き下ろしの長いあとがきを付す。

人生の教科書［よのなかのルール］　藤原和博／宮台真司

〝バカを伝染（うつ）さない〟ための「成熟社会へのパスポート」です。大人と子ども、お金と仕事、男と女と自殺のルールを考える。（重松清）

逃走論　浅田彰

パラノ人間からスキゾ人間へ、住む文明から逃げる文明への大転換の中で、軽やかに〈知〉と戯れるためのマニュアル。

アーキテクチャの生態系　濱野智史
2ちゃんねる、ニコニコ動画、初音ミク……。日本独自の進化を遂げたウェブ環境を見渡す、新世代の社会分析。待望の文庫化。（佐々木俊尚）

「居場所」のない男、「時間」がない女　水無田気流
「世界一孤独」な男たちと「時限ばかり」の女たち。全員が幸せになる策はあるか――？　社会を分断する溝に、気鋭の社会学者が向き合う。（内田良）

他人《ひと》のセックスを見ながら考えた　田房永子
人気の漫画家が、かつてエロ本ライターとして取材した風俗やAVから、テレビやアイドルに至るまで、男女の欲望と快楽を考える。（樋口毅宏）

ファッションフード、あります。　畑中三応子
ティラミス、もつ鍋、B級グルメ……激しくはやりすたりを繰り返す食べ物から日本社会の一断面を切り取った痛快な文化史。年表付。（平松洋子）

9条どうでしょう　内田樹／小田嶋隆／平川克美／町山智浩
「改憲論議」の閉塞状態を打ち破るには、「虎の尾を踏むのを恐れない」言葉の力が必要である。四人の書き手によるユニークな洞察が満載の憲法論！

反社会学講座　パオロ・マッツァリーノ
恣意的なデータを使用し、権威的な発想で人に説教する困った学問「社会学」の暴走をエンターテイメントな議論で撃つ！　真の啓蒙は笑いから。

日本の気配 増補版　武田砂鉄
「個人が物申せば社会の輪郭はボヤけない」。最新の出来事にも、解決されていない事件にも粘り強く憤る。その後の展開を大幅に増補。（中島京子）

狂い咲け、フリーダム　栗原康編
国に縛られない自由を求めて気鋭の研究者が編む。大杉栄、伊藤野枝、中浜哲、朴烈、金子文子、平岡正明、田中美津ほか。帯文＝ブレイディみかこ

花の命はノー・フューチャー　ブレイディみかこ
移民、パンク、LGBT、貧困層。地べたから見た英国社会をスカッとした笑いとともに描く。200頁分の大幅増補！　推薦文＝佐藤亜紀　（栗原康）

ジンセイハ、オンガクデアル　ブレイディみかこ
貧困、差別。社会の歪みの中の「底辺託児所」シリーズ誕生。著者自身が読み返す度に初心にかえるという珠玉のエッセイを収録。

かかわり方のまなび方　西村佳哲
「仕事」の先には必ず人が居る。自分を人を十全に活かすこと。それが「いい仕事」につながる。その方策を探った働き方研究第三弾。（向谷地生良）

人生をいじくり回してはいけない　水木しげる
水木サンが見たこの世の地獄と天国。人生、自然の流れに身を委ね、のんびり暮らそうというエッセイ。推薦文＝外山滋比古、中川翔子（大泉実成）

「ひきこもり」救出マニュアル〈実践編〉　斎藤環
「ひきこもり」治療に詳しい著者が、具体的な疑問に答えた、本当に役に立つ処方箋。理論編に続く、実践編。参考文献、「文庫版　補足と解説」を付す。

ひきこもりはなぜ「治る」のか？　斎藤環
「ひきこもり」研究の第一人者の著者が、ラカン、コフート等の精神分析理論でひきこもる人の精神病理を読み解き、家族の対応法を解説する。（井出草平）

人は変われる　高橋和巳
人は大人になった後でこそ、自分を変えられる。多くの事例をあげ「運命を変えて、どう生きるか」を考察した名著、待望の文庫化。（中江有里）

消えたい　高橋和巳
自殺欲求を「消えたい」と表現する、親から虐待された人々。彼らの育ち方、その後の人生、苦しみを丁寧にたどり、人間の幸せの意味を考える。（橋本治）

家族を亡くしたあなたに　キャサリン・M・サンダーズ　白根美保子訳
家族や大切な人を失ったあとには深い悲しみが長く続く。悲しみのプロセスを理解し乗り越えるための、思いやりにあふれたアドバイス。（中下大樹）

加害者は変われるか？　信田さよ子
家庭という密室で、DVや虐待は起きる。「普通の人」がなぜ？　加害者を正面から見つめ分析し、再発を防ぐ考察につなげた、初めての本。（牟田和恵）

パーソナリティ障害がわかる本　岡田尊司
性格は変えられる。「パーソナリティ障害」を「個性」に変えるために、本人や周囲の人がどう対応し、どう工夫したらよいかがわかる。（山登敬之）

生きるかなしみ　山田太一編
人は誰でも心の底に、様々なかなしみを抱きながら生きている。「生きるかなしみ」と真摯に直面し、人生の幅と厚みを増した先人達の諸相を読む。

旅の理不尽　宮田珠己
旅好きタマキングが、サラリーマン時代に休暇を使い果たして旅したアジア各地の脱力系体験記。鮮烈なデビュー作、待望の復刊！（蔵前仁一）

ふしぎ地名巡り　今尾恵介
古代・中世に誕生したものもある地名は「無形文化財」的でありながら、「日用品」でもある。異なる性格を同時に併せもつ独特な世界を紹介する。

はじめての暗渠散歩　本田創／髙山英男／吉村生／三土たつお
失われた川の痕跡を探して散歩すれば別の風景が現れる。橋の跡、コンクリ蓋、銭湯や豆腐店等水に関わる店。ロマン溢れる町歩き。帯文＝泉麻人

鉄道エッセイコレクション　芦原伸編
本を携えて鉄道旅に出よう！　文豪、車掌、音楽家──、生粋の鉄道好き20人が愛を込めて書いた「鉄分100％」のエッセイ／短篇アンソロジー。

発声と身体のレッスン　鴻上尚史
あなた自身の「こえ」と「からだ」を自覚し、魅力的に向上させるための必要最低限のレッスンの数々。続ければ驚くべき変化が！（安田登）

B級グルメで世界一周　東海林さだお
読んで楽しむ世界の名物料理。キムチの辛さにうなり、小籠包の謎に挑み、チーズフォンデュを見直し、どこかで一滴の醬油味に焦がれる。（久住昌之）

中央線がなかったら見えてくる東京の古層　陣内秀信／三浦展編著
中央線がもしなかったら？　中野、高円寺、阿佐ヶ谷、国分寺……地形、水、古道、神社等に注目すれば東京の古代・中世が見えてくる！　対談を増補。

決定版　天ぷらにソースをかけますか？　野瀬泰申
食の常識をくつがえす、衝撃の一冊。天ぷらにソースをかけないのは、納豆に砂糖を入れないのは──あなただけかもしれない。（小宮山雄飛）

増補　頭脳勝負　渡辺明
棋士は対局中何を考え、休日は何をしている？　将棋の面白さ、プロ棋士としての生活、いま明かされるトップ棋士の頭の中！（大崎善生）

世界はフムフムで満ちている　金井真紀
街に出て、会って、話した！　海女、石工、コンビニ店長……。仕事の達人のノビノビ生きるコツを拾い集めた。楽しいイラスト満載。（金野典彦）

品切れの際はご容赦ください

解剖学教室へようこそ　養老孟司

解剖すると何が「わかる」のか。動かぬ肉体という具体から、どこまで思考が拡がるのか。養老ヒト学の原点を示す記念碑的一冊。（南直哉）

考えるヒト　養老孟司

意識の本質とは何か。私たちはそれを知ることができるのか。脳と心の関係を探り、無意識に目を向ける。自分の頭で考えるための入門書。（玄侑宗久）

錯覚する脳　前野隆司

「意識のクオリア」も五感も、すべては脳が作り上げた錯覚だった！　ロボット工学者が科学的に明らかにする衝撃の結論を信じられますか。（武藤浩史）

理不尽な進化 増補新版　吉川浩満

進化論の面白さはどこにあるのか？　科学者の論争を整理し、俗説を覆し、進化論の核心をしめす。アートとサイエンスを鮮やかに結ぶ現代の名著。（養老孟司）

身近な雑草の愉快な生きかた　稲垣栄洋　三上修・画

名もなき草たちの暮らしぶりと生き残り戦術を愛情とユーモアに満ちた視線で観察、紹介した植物エッセイ。繊細なイラストも魅力。（宮田珠己）

身近な野菜のなるほど観察録　稲垣栄洋　三上修・画

『身近な雑草の愉快な生きかた』の姉妹編。なじみの多い野菜たちの個性あふれる思いがけない生命の物語を、美しいペン画イラストとともに。（小池昌代）

身近な虫たちの華麗な生きかた　稲垣栄洋　小堀文彦・画

地べたを這いながらも、いつか華麗に変身することを夢見てしたたかに生きる身近な虫たちを紹介する。精緻で美しいイラスト多数。（小池昌代）

したたかな植物たち 春夏篇　多田多恵子

スミレ、ネジバナ、タンポポ。道端に咲く小さな植物は、動けないからこそ、したたかに生きている！身近な植物たちのあっと驚く私生活を紹介します。

したたかな植物たち 秋冬篇　多田多恵子

ヤドリギ、ガジュマル、フクジュソウ。美しくも奇妙な生態にはすべて理由があります。人知れず花を咲かせ、種子を増やし続ける植物の秘密に迫る。

野に咲く花の生態図鑑【春夏篇】　多田多恵子

野に生きる植物たちの美しさとしたたかさに満ちた生存戦略の数々。植物への愛をこめて綴られる珠玉のネイチャー・エッセイ。カラー写真満載。

野に咲く花の生態図鑑【秋冬篇】　多田多恵子

寒さが強まる過酷な季節にあえて花を咲かせ実をつける理由とは？　人気の植物学者が、秋から早春にかけて野山を彩る植物の、知略に満ちた生態を紹介。

花と昆虫、不思議なだましあい発見記　田中肇　正者章子

ご存じですか？　道端の花々と昆虫のあいだで、驚くべきかけひきが行なわれていることを。花と昆虫のだましあいをイラストとともにやさしく解説。

増補　へんな毒　すごい毒　田中真知

フグ、キノコ、火山ガス、細菌、麻薬……自然界にあふれる毒の世界。その作用の仕組みから解毒法、さらには毒にまつわる事件なども交えて案内する。

熊を殺すと雨が降る　遠藤ケイ

山で生きるには、自然についての知識を磨き、己れの技量を謙虚に見極めねばならない。山村に暮らす人びとの生業、猟法、川漁を克明に描く。

私の脳で起こったこと　樋口直美

「レビー小体型認知症」本人による、世界初となる自己観察と思索の記録。認知症とは、人間とは、生きるとは何かを考えさせる。（伊藤亜紗）

ゴリラに学ぶ男らしさ　山極寿一

自尊心をもてあまし、孤立する男たち。その葛藤は何に由来するのか？　身体や心に刻印されたオスの進化的な特性を明らかにし、男の懊悩を解き明かす。

ニセ科学を10倍楽しむ本　山本弘

「血液型性格診断」「ゲーム脳」など世間に広がるニセ科学。人気ＳＦ作家が会話形式でわかりやすく教える、だまされないための科学リテラシー入門。

増補　サバイバル！　服部文祥

岩魚を釣り、焚き火で調理し、月の下で眠る――。異能の登山家は極限の状況で何を考えるのか？　生きることを命がけで問う山岳ノンフィクション。

いのちと放射能　柳澤桂子

放射性物質による汚染の怖さ。癌や突然変異が引き起こされる仕組みをわかりやすく解説し、命を受け継ぐ私たちの自覚を問う。（永田文夫）

イワナの夏　湯川豊

釣りは楽しく哀しく、こっけいで厳粛だ。日本の川で、また、アメリカで、出会うのは魚ばかりではない、自然との素敵な交遊記。（川本三郎）

品切れの際はご容赦ください

ちくま文庫

子《こ》どもをおいて旅《たび》にでた

二〇二三年七月十日　第一刷発行

著　者　杉山亮（すぎやま・あきら）

発行者　喜入冬子

発行所　株式会社　筑摩書房
東京都台東区蔵前二―五―三　〒一一一―八七五五
電話番号　〇三―五六八七―二六〇一（代表）

装幀者　安野光雅

印刷所　中央精版印刷株式会社

製本所　中央精版印刷株式会社

ISBN978-4-480-43893-5 C0195